凍
とう

一段歷經登山巔峰考驗、
超乎人類極限的冒險

Kotaro SAWAKI
澤木耕太郎
Ko譯工房 譯

凍 目次

推薦序

唯有冒險，才得以看見的生命之光

山岳作家 雪羊

在有限的生命裡，如何將靈魂無限擴張？

在十年的登山歷程之中，我似乎找到了這個問題的答案，那便是投入自己的小小冒險，然後再欣賞世上各種偉大的冒險。只是看影片、文字與圖片，這些當代人最習慣的資訊媒介，卻沒有起而行的話，是難以將他人的故事，轉化為親臨現場的感受的。

欣賞自己未曾體驗過的事物，那就像觀賞美食節目與漫畫，只要沒有真正品嚐過作者所呈現的料理、味道，再多精美的畫面與細膩的描述，都無法讓一個人真正了解，那讓人垂涎的料理與食材，究竟是何等滋味。你可以很喜歡、說出自己有多讚賞、多被故事傳遞的精神打動，但仍無法確切了解什麼是被雪瀑沖刷的感受、零下二十度不戴手套打岩釘的刺骨冰寒、七千公尺若有似無的稀薄空氣等，更別提雪花整夜灑落帳篷的憂鬱聲響，以及呼嘯狂風撼動帳篷的絕望無助。因為體感，是只有經過類似經歷，才有辦法共鳴的覺知；它佔據在意識的最深處，構築成了世界最真實的部分。好比我在這裡寫下「香菜」，你鼻子與口腔中就會馬上充斥著那有些人愛、有些人恨的獨特味道一樣。所有的美食作品，目的幾乎都是驅動我們起而找尋未知美味，而我竊以為所有的冒險故事，也是如此。

這並非要我們跟那些史詩登山家們一樣，拋棄一切追尋高峰。而是身為平凡人的我們，只要有過和冒險家們類似的經歷，如在冰雪中攀登過、去過氧氣稀薄的高峰，那麼便足以淺嚐冒險的味道；更別提人生中的每一個第一次，都是一種冒險。屆時，你就會獲得一種能力：閱讀這本書時，儘管可能已一輩子無法達到山野井泰史與山野井妙子的登山境界，但仍能把這日本史上最卓絕的冒險與求生故事，變成自己的一部分。只要擁有體感資訊，就真的可以在自己的意識裡，跟著這對山之夫婦，一起面對海拔七九五二公尺的世界第十五高峰，格仲康峰，帶來的所有考驗與磨難，跟著他們一起痛、一起冷、一起咬牙求生，一切都是那麼的真實而令人悸動。

然後，一道名為冒險的光芒就會照進我們的生命之中，讓我們未知的世界又多了一個名為「可能性」的角落。「啊～原來人在這種條件下還能活、還能動呀！」「我的意志力、我覺得撐不下去的時候，是不是能再堅持一會呢？」在每一個困難的時刻，無論是否在山中遭難，又或是人世間的苦痛，這些偉大的冒險故事，都會成為我們起身向前的能量，引領我們繼續走在自己想要的路上。

這就是冒險故事之所以吸引人，甚至不斷帶領人類社會前進的根源。

也因為如此，這個短影片當道，閱讀沒落的年代，也可能是人類史上，新鮮感最廉價而乏味的年代。任何能以影像擷取的主題，幾乎都被挖掘與拍攝過了，所有的影像都是那麼唾手可得，能那麼輕易地就讓一個單純的人，認為自己滑滑手機，就全然了解世界。而那些難以以影像呈現的技藝、故事與冒險，甚至同一個主題的不同角度，就卻只能被塵封在書本或世界的角落，被演算法的洪流淹沒。偶而被自媒體拿出來當作變現內容，然後再度沈睡。

山野井泰史十歲時，是受到法國電影《白朗峰悲歌》的啟發，而開始走向岩壁，越爬越愛那種開拓未知、向山峰挑戰的亢奮，最終將人生化作登山。少年以來不斷創造新紀錄的山野井泰史，歷經一九九六年馬卡魯西壁撤退的挫折後，再度點燃挑戰未知美麗路線的烈火的，也是格仲康峰山壁的美麗影像。影音、圖片與文字，從來都不是理解世界的一切，它們反而是啟發我們走出去、走進現場的媒介。唯有如此，人才有機會與環境互動，創造屬於自己的，甚至屬於人類的全新故事，而非受困於盡數已知的死寂玻璃房中。

一九七〇年，日本最偉大冒險家植村直己二十九歲，與松浦輝夫一同成為首登聖母峰的日本人，那是沿途氧氣筒吸好吸滿的喜馬拉雅式（書中所提極地法）攀登。

一九九四年，後來獲得植村直己冒險獎的山野井泰史，完成了卓奧友峰（八二〇一公尺）西南壁新路線的獨攀，他無氧無雪巴的阿爾卑斯風格攀登，又一次開拓了日本的登山世界。那年，他也是二十九歲。

這二十四年的歲差，讓山野井泰史在愛山的少年歲月中，必然也聽聞、欣賞過名滿天下追求冒險的植村直己的故事，並從中獲得自己的收穫與啟發。他是否有意無意追尋這位冒險前輩？這得問本人才知道。然而不可否認的是，山野井泰史與山野井妙子的身影，那「有山就好」的純粹人生，以及不斷開拓冒險的精神，和植村直己、曾與山野井夫婦一同攀登三年的波蘭最偉大登山家之一克提卡等，有著相同氛圍與輪廓。他們都述說著他們所追尋的精神之美，並用他們的生命告訴我們人生可以是什麼樣子，又是怎麼樣的事物值得追求一生。

這有氧到無氧的二十四年，舊的冒險啟發了新的冒險，讓文化得以疊加成長。而故事延續出新的故事，人生與文明才有機會前進與改變。

澤木耕太郎是一位優秀的採訪者，在《凍》一書中以非虛構寫作，完美還原了山野井泰史與山野井妙子生涯最具代表、也最震撼國際攀登世界的史詩故事：與克提卡一九八五年迦舒布魯四號峰「閃耀之壁」攀登相提並論的「格仲康北壁攀登與生還」。我們可以看到絕境中的堅忍奮鬥，也能看到在身體崩潰邊緣，那仍然愛山愛攀登的兩人心中又正想著什麼；反思我們對於山，乃至身旁人們的愛，是否也能如此純粹？

二〇二一年，山野井泰史獲得世界登山的最高殿堂：金冰斧獎終身成就獎（中國譯為『金冰鎬』），成為首位獲得這個獎項的亞洲人。他的故事，絕對值得每一個人一看，哪怕你自認一輩子無法攀登喜馬拉雅山脈的任何一座尖峰，你還是能透過接觸攀岩、在日本的雪峰之中行走等，將自己的視界與感受，拓展到那不可思議的絕境，融入扣人心弦的攀登史詩。

並想著，下一次的冒險，該走向何方？我是否有勇氣走出去，去嘗試未知，為生命帶來更開闊的視野與想像呢？

一起跟著山野井夫婦，解放對攀登與人類可能的想像，看見生命與冒險所閃耀的光芒，點亮自己的人生吧！

推薦序

追求生命的絕對值——山野井泰史和他的極限攀登

作家 陳德政

當你把自己逼到極限，你就會找到邊界。——攀登家、攝影師 金國威

If you're pushing the edge, eventually you find the edge. — Jimmy Chin

格仲康峰首登的新聞，一九六四年春天登上了《紐約時報》的版面，一個小方塊裡印著加德滿都發來的外電：「四月十日上午，一支日本攀登隊登上海拔二五九一〇英尺的格仲康峰，完成首次登頂。攻頂前一日，一名隊員被雪崩擊中，遺體尚未尋獲。」

二五九一〇英尺換算成公尺是七八九七，是格仲康峰當年量測到的高度。如今，這座位在尼泊爾和西藏邊境的大山，公認高度是七九五二公尺，只比地表上十四座雄偉的八千

公尺巨峰差了一點點。

它是世界第十五高峰，剛好被排除在那個尊榮的俱樂部以外——期盼完攀十四座八千巨峰的登山家，不會把時間和心力消耗在這座冷門的山峰。

消息見報時，離山野井泰史出生還有一年的時間。同樣在一九六四年，西藏境內的世界第十四高峰希夏邦馬峰被一支中國登山隊攻克，成為最後一座有人站上頂峰的八千巨峰。隔年當山野井在東京呱呱墜地，人類已完成高海拔拓荒的第一個篇章了。

他像個遲來的加入者，而且，他生在日本。

二戰後日本掀起不輸歐美的登山熱潮，日本隊向來紀律嚴謹、訓練有素，擅長以大隊遠征的圍攻法，把一座雲層上的山一點一滴包圍起來，像給山戴上一條人力搭建的圍巾。這種攀登風格，講求合作與犧牲，用氧氣瓶、高地營和固定繩去圍一座冰雪之城。

首登格仲康峰的隊伍正是如此，他們來自名古屋，仰賴綿密的後勤補給和氧氣瓶的供應，從西壁沿著西北山脊登頂。這不是山野井所嚮往的攀登方式，在從眾的日本社會中，他一直是個異類。

山野井在小學畢業作文簿寫下的夢想是「不靠氧氣瓶登上聖母峰」，近年席捲棒壇的二刀流天才大谷翔平，高中就給自己定下「二十六歲拿下世界大賽冠軍」的目標。這些超越群體的日本人，早早在心中樹立難以企及的高標，再一步一步向那些遠大的前程

（Great Expectations）邁進！

山野井很早便立定攀登的志向，很確定自己是「全世界最愛爬山的人」。為了籌措海外攀登的旅費，他到處打零工賺錢，幹吃力的高地活兒也不以為苦。他為攀岩四處流浪，又在流浪的軌跡中，用削瘦的身體反覆攀岩。

一段繩距接著一段繩距，山野井漸漸掌握了自己的喜好：獨攀大岩壁，以及讓人興奮的新路線！

一九九〇年，山野井在南半球巴塔哥尼亞高原的菲茨羅伊峰，完成那座經典山峰的首度冬季獨攀！他的名字開始出現在西方的登山雜誌，那時，山野井不過二十五歲而已。他對紀錄與名聲並不感興趣，他攀登，是為了體驗用冰斧掛在巨岩上，奮力獲取高度的那種快感，是為了領略垂直世界的魅力。

在山野井心中，理想的登山家只為自己而攀，為樂趣而攀。他孤身一人，臣服於那種純粹的理想，直到遇見了靈魂伴侶妙子。

那年離開菲茨羅伊峰，他回到北半球，進入高海拔攀登的殿堂。那部攀登史詩的第一篇章已被前人書寫完畢，不過第二篇章，正風風火火鼓動著冒險者的心——嶄新的路線、冬攀，以及相對於大隊攻城法，更加簡潔優雅、容錯率也更低的阿爾卑斯式攀登風格。

一九九一年他在世界第十二高峰布羅德峰的征途中，認識了大自己九歲的妙子。當時妙子的成就與聲名，在國際登山社群間毫不遜於山野井！她是自給自足的女登山家，擁有不可思議的勇氣與力量。同樣被未知吸引著的兩人，互相找到了讓自己完整的另一半。

「想和她一起登山，就等於愛上她的意思。」這是靦腆的山野井，對一個女人能說出最浪漫的話語。

二〇〇〇年夫妻倆和頂尖的波蘭攀登家歐特克・克提卡組隊，三人嘗試攀登險峻的K2東壁，因壞天氣鎩羽。山野井不死心，決定自己再試一次，經由南南東山脊的巴斯克路線，以阿爾卑斯式攀登法從基地營無氧來回峰頂，僅花了四十八小時，創下當時速攀K2的紀錄。

克提卡在回憶錄《自由的技藝》，如此描述了當年的那趟遠征：「我迷戀K2好多年了，就像所有的戀愛情節，我跟泰史和妙子的新夥伴關係讓我重燃希望。」

隔年，三人重回喀喇崑崙山脈，談笑風生間登上畢亞撒拉希塔峰。這對節儉度日、毫無物質欲望的日本夫妻，和以走私為副業、賺了不少外快的波蘭登山大神，結束了愉快的野餐，就此拆夥。二〇〇二年秋天，夫妻倆來到聖母峰和卓奧友峰之間的山谷，抬頭望著格仲康峰北壁，那超過兩千公尺的驚人落差。兩人帶著無比的決心和一絲緊張的預感，準備衝擊那道偉大的牆，這就是《凍》裡講述的故事。

作者澤木耕太郎以《深夜特急》聞名，他有旅行者的眼光，在主角的攀登日誌間布置出豐富的細節：走失的氂牛、盡責的雪巴人、銳利的冰爪在厚實冰層上摩擦出的聲音。他客觀描寫出攀登者處在極限邊緣的心理狀態，讓事件本身去震撼讀者，引導讀者進到高海拔的結界。

百谷雪山裡，流竄著各種幻覺和神祕經驗，但最動人的依然是山野井和妙子間，無聲的信賴與默契—我們要一起回家啊……要一起活下去！

發生在格仲康峰的事情，或許是夫妻倆攀登生涯一道難以迴避的關卡（付出了極大的代價），而藉由《凍》這本書的存在，那場可怕的災難轉化為深具啟發性的求生故事，充滿了靈魂的能量、意志的強度，與身體的忍受力。

原來，生命在存亡的關頭會發散出如此神聖的光彩。而人，永遠因互助而強大。

二〇二一年，五十六歲的山野井榮獲金冰斧終生成就獎，是史上最年輕的獲獎人，也是唯一的亞洲人。他是這項登山界最高榮譽的第十三位受獎者，加入了梅斯納爾、博納蒂、克提卡這些傳奇人物的行列，克提卡稱讚山野井是「一個有榮譽感的人，是當代的武士。」

關於山野井的漫畫和紀錄片，在日本大眾間流傳，這個法規認定的殘疾人士，他那些洋溢著熱情的事蹟，鼓舞了許多渴望創造的後進。讀完書的那刻，我忍不住想，願意讓我奮不顧身，穿越恐懼的廊道迎向前去的「絕對高點」，會是什麼？

中國
喜馬拉雅山
西藏自治區
尼泊爾
布達拉宮
恒河
印度
彭吉川
定日
亞汝雄拉山口
中國
西藏自治區
絨布寺
格仲康峰
卓奧友峰
7952
8201
高黎香卡峰
7134
珠穆朗瑪峰
8848
洛子峰
8511
馬卡魯峰
8463
珠穆朗瑪
基地營
N
尼泊爾
0
25
50km

登頂路線
0 2 4km
N
往絨布寺
基地營
格仲康冰河
久達峰
▲6711
絨布冰河
希夏邦馬峰
▲8013
北東壁
格仲康峰
7952
卓奧友峰
▲8201
聶拉木
樟木
科達里
加德滿都

第一章　格仲康峰

未知常常伴隨著危險，卻更能激發登山者深藏在體內的力量。攀爬險陡峭壁之間，唯有全力以赴，才能激發出自己的實力。

山野井想爬格仲康峰的心情越來越強烈。

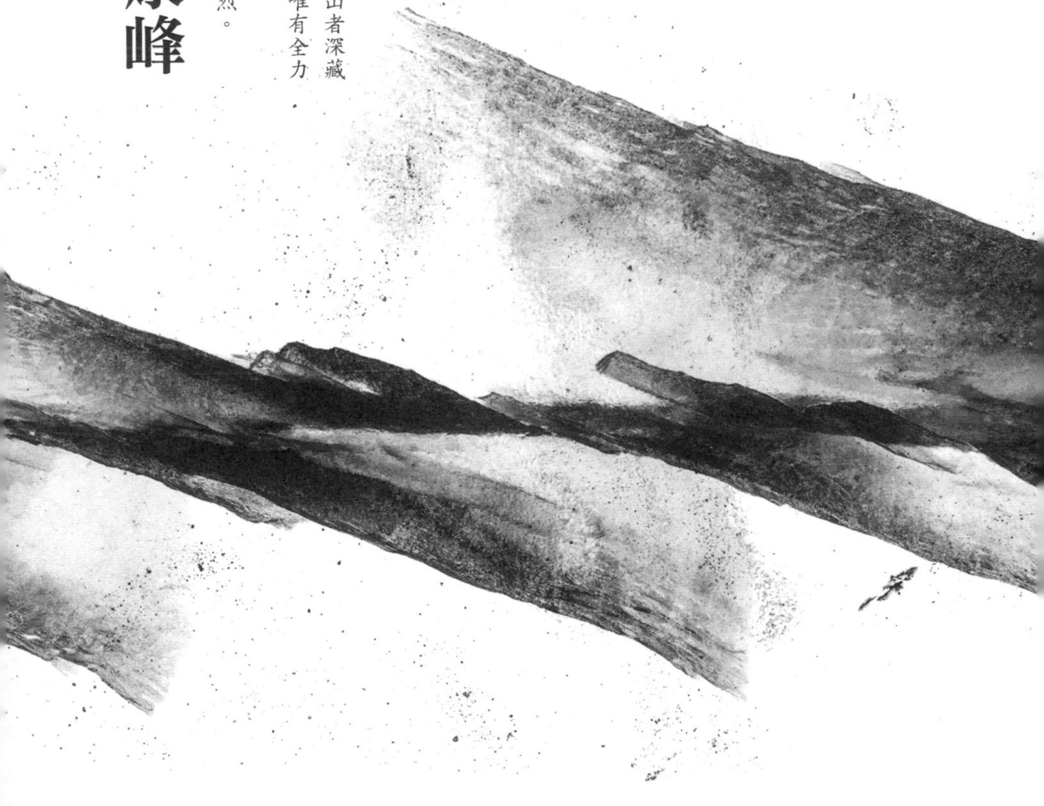

1

山野井泰史聽說過格仲康峰（Gyachung Kang）。從地圖上來看，它就在世界最高峰聖母峰，和第六高峰卓奧友峰（Cho Oyu）的中間。但是山野井泰史一直都沒有正視過格仲康峰。即使他獨自從陌生的路徑登上卓奧友峰的西南壁，即使格仲康峰矗立在他和聖母峰之間，也沒有在山野井泰史的記憶中留下任何刻痕。

從某個角度來看，山野井對格仲康峰的忽視，是可以理解的。因為不僅是山野井，對於世界一流的登山家來說，格仲康峰並不是一座引人注目的山。至少，不是一座讓人想攀爬征服的山。

理由有二。

第一，在尼泊爾與西藏邊境的高聳群峰中，格仲康峰最為人煙罕至。登山隊必須橫越過非常漫長的距離，才能開始登山。

格仲康峰（Gyachung Kang）之名，正說明了它深藏於重重的山谷之中。在西藏語中，「Gya」代表「百」，「chung」代表「谷」，「Kang」代表「雪山」，格仲康即意謂著「位在百重山谷中的雪山」。雖然中文直接翻譯成格仲康峰，但也有人以西藏語來翻譯，稱它為「百谷雪山」或是「百谷雪嶺」。而且這座「百谷雪嶺」的山壁異常陡峭，不像其他高峰一樣，有機會找出比較簡單的登山路徑。

想要攀登格仲康峰的登山者稀少的另一理由，為其高度。世界上標高超過八千公尺的高山——從標高八八四八公尺的聖母峰到八〇一三公尺的希夏邦馬峰——共有十四座。這些高峰都位於廣義的喜馬拉雅山脈地區，而世界頂尖的登山家，無不爭先恐後想要征服喜馬拉雅山脈的十四座高峰。但是格仲康峰標高七九五二公尺，距八千公尺僅差四十八公尺，排名第十五。雖然攀爬的艱難度不輸任何八千公尺的高峰，甚至有過之而無不及，但即便登頂，其第十五名的尷尬高度，也不會讓登山家多一枚「征服八千的勳章」。對任何欲征服所有八千公尺以上高峰的登山家來說，格仲康峰好比是雞肋，食之無味。

山野井這個人並沒有登遍十四座八千公尺巨峰的紀錄，或是征服七大陸最高峰的「高峰狩獵者」興趣。但他之所以不把目光放在格仲康峰，只是因為眼前矗立著聖母峰和卓奧友峰等名山，因此自然而然被吸引了過去。

不過，他為什麼後來會想攀登格仲康峰呢？

一九九六年，三十一歲的山野井，隻身挑戰八四六三公尺的馬卡魯峰（Makalu）的西壁，可惜無功而返。馬卡魯峰西壁與標高八五一一公尺的洛子峰（Lhotse）南壁，還有標高不到八千公尺，僅七七一〇公尺的賈奴峰（Jannu）北壁並列為喜馬拉雅山脈中最難攀爬的山壁。他獨自「單挑」了這座巨峰，即使失敗也不算可恥。但是自從兩年前，山野井以新路徑單挑卓奧友峰西南壁，並成功登頂以來，他的下一個目標就不得不選擇馬卡魯峰西壁了。而當他攻頂失敗後，以往清晰的登峰坦途忽然間罩上了迷霧，讓他不知該往哪一座山去。

挑戰過馬卡魯峰之後，山野井仍舊執著於挑戰喜馬拉雅山脈中的各大險峰。其中幾座成功，幾座失敗。不過，無論是成是敗，都無法抹除馬卡魯峰在他心中佈下的陰霾。

或許，這就是驅使他與歐特克・克提卡（Wojciech Kurtyka）共同攀旅長達三年的理由吧！

歐特克・克提卡是世界知名的波蘭登山家，曾經完成布羅德峰（Broad Peak）縱走、攀登迦舒布魯四號峰（Gasherbrum IV）西壁等歷史性的挑戰，並於一九九八年訪問日本，進而認識了山野井。兩人在登山雜誌一篇名為「挑戰自由」的特別企畫中做了對談。對談中，山野井說到從以前就對克提卡那種「排斥商業元素」的登山風格深表敬意；克提卡也提到對山野井所攀登過的山峰相當有興趣，他們的對談相當深入且具驚險的內容。或許是因為兩人同為登山家，只要略翻過對方短短的登山經歷後，自然就能互相理解各自的心路歷程。在短短的字裡行間就能解讀出彼此「登山所求為何」、「現在想追尋什麼」吧。所以，克提卡在對談中對山野井說：「山野井，我一見你的攀登經歷，就認為你跟我是同一類人，讓我像找到知己般的雀躍。」這一段話，絕非一般的恭維而已。

不久，克提卡就直接打電話到山野井家，邀請他第二年一起去攀登喜馬拉雅山脈。

往後三年，山野井一直持續與克提卡一起攀登喜馬拉雅山。但是每年的天氣都很惡劣，都沒能登上目標頂峰。

第一年，克提卡想重溫舊夢，從尼泊爾登上無名峰（Nameless Peak），但因惡劣天候鎩羽而歸。

第二年，他們打算挑戰世界第二高峰Ｋ２東壁，仍舊敗給了壞天氣。不過山野井與克提卡分道揚鑣之後，獨自挑戰Ｋ２南南東稜線，居然完成了首次攻頂。這條路線和一般比較輕鬆的正常路線不同，是一條充滿變化的高難度路線，但是對山野井來說，這只不過是Ｋ２東壁的替代品罷了。

第三年，他們打算挑戰七千公尺等級，難度卻數一數二的拉托克一號峰（Latok I）北壁，可惜天氣仍然沒有好轉，可說是幾乎還沒開始就放棄了。原本他們還期待能不能碰上一次好天氣，最後卻是大失所望。

放棄了拉托克一號峰北壁之後，山野井和妻子妙子以及克提卡三人，前往挑戰畢亞撒拉希塔峰（Biacherahi Tower）的南面，也就是南側岩稜。畢亞撒拉希塔峰是座橡果一般的美麗山峰。雖然這條路線從來沒有人走過，卻也不是那種「要人發揮所有潛能才能攻頂」

的極限路線。由於他們是第一批登山者，根據登山界的不成文規定，他們有權利為這條路線命名。他們三人討論到這件事情時，克提卡半開玩笑地說了。

「就叫做『日本&波蘭人的野餐路線（Japanese Polish Picnic Route）』如何？」

山野井夫妻笑著同意了。日本人和波蘭人的快樂野餐路線，可見對這三個人來說，這一趟的難度不過如此而已。

不過這也說明了山野井和自己敬重的克提卡一同爬了三年的山，並沒有感到滿足。自從與克提卡第三次自喜馬拉雅歸來之後，山野井就一直在追求一些什麼。他開始關注以往不經意聽到、看到的山名，打算時機成熟就啟程攀登。可惜此時，他怎麼樣也找不出下一座想攻頂的山。而他心中的期望，就是挑戰值得再次攀爬的山，也就是賈奴峰北壁或馬卡魯峰西壁。

二〇〇一年秋季的某一天，在奧多摩家中的他，一如往常地隨意翻著手上的登山刊物。其中，一本過期二〇〇〇年版的《美國登山期刊》（*American Alpine Journal*）的某一頁，吸引了他的目光。

從格局和內容來看，美國登山協會所出版的《美國登山期刊》不太像是本「雜誌」，反而比較像是「年鑑」。每本期刊厚達五百頁，其中詳盡介紹當年度世界知名的登山家，以什麼方式登上了哪座山的哪一面。年輕的期刊主編克里斯丁・拜克威（Christian Beckwith）注意到了山野井的登山經歷，並給予很高的評價。

二〇〇〇年版的期刊上刊登了山野井的個人照片彩頁，報導內容也記錄著他與克提卡挑戰喜馬拉雅山脈的第一年，登上了與原本目標不同的另一座無名峰。但是真正吸引山野井目光的報導是另外一頁。那就是斯洛維尼亞人托馬吉・胡馬爾（Tomaž Humar）登上道拉吉里峰（Dhaulagiri）南壁，以及另一位斯洛維尼亞人登上格仲康峰的報導。

之前他當然看過這份報導，當時只是覺得和自己同年代的登山家馬爾科・普列切里（Marko Prezelj），登上了一座叫格仲康峰的山而已。可是這一次，報導上的小照片吸引了他的目光。斯洛維尼亞登山隊登上的格仲康峰北壁，仔細一看真是座雄偉美麗的山壁啊！標高差達到兩千公尺的山壁，就像巨人一般佇立在那兒呢。

根據普列切里的登山報告，他的攀登動機來自於隊長安德魯峰・休雷姆菲利（Andrej Stremfelj）的一句話。

「你知道卓奧友峰和聖母峰之間的那座山，叫什麼山嗎？」

被安德魯峰這麼一問，普列切里說：「我知道卓奧友峰的東邊有座挺有趣的山，但沒特別注意過。」

結果休雷姆菲利說：「我可是看到了喔！之前在適應高度的時候，就一直很注意格仲康峰的北壁，你看看。」

休雷姆菲利一邊說，一邊拿出他在攀登西藏四光峰（Siguang Ri）時所拍下的一張照片。普列切里一看到那張照片，馬上就了解到從西藏方面攀登格仲康峰，是多麼完美的主意。

兩人經過一番調查，發現幾乎沒有人登過格仲康峰。曾經有三個隊伍從尼泊爾方面挑戰了三次，但是從西藏方面則完全沒人走過。一發現這件事，普列切里和休雷姆菲利心中便湧出一股熱情。

但是從那時候開始一直到計畫實現，花了整整三年的時間。主要原因是資金匱乏，而這一點後來由斯洛維尼亞登山協會解決了。於是休雷姆菲利擔任隊長，由八位登山家和一位醫師組成了遠征隊。

一九九九年春天，首先由休雷姆菲利和另一位隊員前往西藏，研究如何攻上格仲康峰。他們整理了收集來的大量資訊和照片，在雨季結束之後的秋天，九人才出發前往西藏。然後從格仲康峰冰河融化所形成的河流溯河而上，經過好幾段適應高度的行程，終於開始攻頂。

斯洛維尼亞隊共有九人，算是中等規模的遠征隊，但是登山方式卻不是古典的「極地法（Polar Method）」，而選擇了「阿爾卑斯風格（Alpine Style）」。

極地登山法，是從基地營開始出發，然後設置第一營地、第二營地等前進基地，直到從最後一個營地往山頂出發，也稱為包圍法；另一方面，阿爾卑斯風格則是不帶氧氣瓶，盡量減少裝備重量，從基地營一口氣攻往山頂的方法。

斯洛維尼亞登山隊將八位登山家分成兩人一組，共四組，各組自行判斷、自由攻頂。結果有三組共六人成功登上頂峰。這是格仲康峰北壁的首次攻頂，同時也是首次成功從西藏方面登上格仲康峰的紀錄！

山野井看著普列切里的文章，想起了一年前休雷姆菲利訪問日本時所說的話。休雷姆菲利在聚會上提到了格仲康峰：「……當時我的隊伍登上了北壁。格仲康峰北壁是個不錯的地方，但是尚未有人攀登過的東面似乎也相當有趣。」

沒錯，斯洛維尼亞登山隊所征服的北壁是很美麗，但是隔著一條稜線的東壁，感覺也相當吸引人。雖然照片上看不到東壁，但是從北壁的岩層和積雪狀況看來，多少可以想見部分端倪。

格仲康峰的東壁是一個怎樣的地方呢？對它發生濃厚興趣的山野井，開始收集格仲康峰在西藏方面的相關資料。可惜並沒有找到可用的東西。

想不到就在這時候，山野井接到「有日本人從西藏方面進入了格仲康峰附近」的消息。一位住在長野的登山家，與斯洛維尼亞登山隊選擇了相同的路線，從格仲康峰冰河融解所形成的河流往上走，抵達了格仲康峰的山腳下。長野的登山家除了北壁之外，聽說也見識過東壁的狀況。山野井於是緊急聯絡這位登山家，希望能夠看看照片之類的資料，對方立刻送來了相簿，山野井便詳細研究了起來。

山野井的結論是東壁並不適合攀登。從山壁底部往上一千公尺，無論選哪條路線，都必須經過雪崩機率極高的地方，就算不被活埋，也要抓著脆弱的岩壁才能到達山頂。這毋寧是拿著一把裝滿六發子彈的左輪手槍玩俄羅斯輪盤，不管怎麼扣板機都會上西天的感覺，然而山壁之美卻緊緊抓住了山野井的心思。但介於北壁和東壁之間的東北壁就不一樣了。雖然同樣需要高度攀登技術，但若真要攻頂，也並非毫無機會。

「如果有一張山壁的清晰照片就好了！」一張完整的照片，就能推測出攻頂的成功機率以及攻頂策略，絕對可安排出完整的攻頂步驟。可是，長野的登山家所送來的相本裡，並沒有足以判斷東北壁狀況的照片。

當然，東北壁也沒人攀登過，就連試都沒人試過。世上無人知曉是否能夠攀爬，也就是這種全然的未知感，才更加吸引山野井。未知常常伴隨著危險，卻更能激發登山者深藏在體內的力量。攀爬險陡峭壁之間，唯有全力以赴，才能激發出自己的實力。如果是一座什麼都清楚，一座安全的山，那也就沒必要去征服了。至少對山野井來說，如果不是更有挑戰性的山，就引不起攀登的決心和慾望。

山野井想爬格仲康峰的心情越來越強烈，他想：「或許可以不帶氧氣瓶，以阿爾卑斯風格登山法，走出一條漂亮的攻頂路線也說不定。」而格仲康峰稍低於八千公尺的標高，或許正好適合他來征服。

2

山野井在喜馬拉雅山所使用的「阿爾卑斯風格」登山法，是登山歷史中的必然產物。人們想登山，而為了登山而登山的運動型登山，是近兩百年才開始的活動。一七八六年，米歇爾．帕卡爾（Michel-Gabriel Paccard）和雅克．巴爾瑪（Jacques Balmat）登上了歐洲阿爾卑斯山脈的最高峰——白朗峰（Mont Blanc）。從此歐洲掀起一股登山熱，並擴散到亞洲和美洲。

登山家一開始的目標，就是歐洲阿爾卑斯山脈裡面尚未被征服過的高峰。一八五八年艾格峰（Eiger）被攻陷，一八六五年人們又征服了大喬拉斯峰（Grandes jorasses）、馬特洪峰（Matterhorn）等險峻名峰之後，便將目標轉向了喜馬拉雅山脈的高峰。其中最具象徵性的聖母峰（埃佛勒斯峰），在尼泊爾當地被稱為薩迦瑪塔峰（Sagarmatha），在西藏則叫珠穆朗瑪峰（Qomolangma）。聖母峰在一九五三年由英國登山隊首次攻頂，而在一九六四年中國登山隊攻下最後一座八千公尺高峰希夏邦瑪峰之後，世界上就沒有任何一座人類足跡未達的高峰了。所以，登山家的眼光便從「山峰」轉移到「路線」上面。也就是同樣要登一座山，卻故意不選擇比較好走的正規路線，而挑戰更加困難，更有變化性的路線。

這種「更困難路線」風潮，導致登山家對「山壁」產生強烈關注。不只是單純的攻頂，還要攀上更加困難的山壁。要爬南壁，還是爬北壁？於是喜馬拉雅山脈的山壁時代就來臨了。因此，也造就了研究「如何用更極限的手法爬上山壁」的新趨勢。

登山家一開始挑戰喜馬拉雅山脈的主流方式，是使用大量人員與物資的大規模登山法。這種登山風格稱為極地法，也叫做包圍法（Siege tactics）。

極地法或包圍法的做法是先由大規模登山隊抵達當地，使用大量的搬運工或動物，把裝備資材搬到基地營。接著再雇用高山搬運工，把物資往上搬，設置前線基地。過程中得在不好攀爬的地方拉繩索設置路徑，並盡量在接近山頂的地方設置最終營地。最後選出數名攻頂隊員，從最終營地出發前往山頂。

使用這種極地法或是包圍法來登山，問題在於要如何有效率地設置前進基地，還有選誰做為攻頂隊員。當然，所有隊員都希望能夠站上山頂。但是為了達成「隊伍勝利」的大我，其他隊員必須將最有活力、狀態最好的人推上最終營地，讓他們去攻頂。為此，其他隊員必須承認自己是個「踏腳石」的事實。但是，到底要怎麼判斷誰的狀況好，誰的能力強？通常都是由隊長來決定攻頂隊員。如果隊員不服隊長判斷的時候，又該怎麼辦呢？

一九七六年的日本K2登山隊，就明顯暴露了這個問題。當時的隊員之一森田勝，由於沒有被選為第一回攻頂隊員，非常不滿，便自己一個人下山去了。

也難怪極地法的大規模登山隊遠征紀錄中，有很多篇幅都在介紹設置前進基地營的辛苦，以及選出攻頂隊員的人際互動。因為最深刻的峰迴路轉都在這裡了。

到了一九七〇年代後半，登山方法出現了巨大的轉折。

當時，在歐洲阿爾卑斯山脈早就已經出現了少人數，甚至是單人在短時間內攻頂的登山法。這套阿爾卑斯山的風格，就被稱為「阿爾卑斯風格」。後來，開始有人打算以這種風格來攀登喜馬拉雅山。

之前零星有人嘗試過這樣的做法，只是沒人成功過。不過在一九七五年，義大利登山家萊茵霍爾德・梅斯納爾（Reinhold Messner）與彼得・哈伯勒（Peter Habeler）兩人，成功登上了標高八〇六八公尺的迦舒布魯一號峰，寫下阿爾卑斯風格「不用氧氣鋼瓶登頂」的新紀錄。而且三年之後，梅斯納又在標高八一二五公尺的南迦帕巴峰（Nanga Parbat），發表了更高超的攀登紀錄。居然敢以阿爾卑斯風格「單挑」八千公尺以上的山脈，梅斯納的作法引起登山界一陣旋風。

自此之後，世界上的頂尖登山家，陸續以阿爾卑斯風格挑戰喜馬拉雅山脈路線。更有甚者，目標都放在以阿爾卑斯風格的單挑攻頂。

在那之前，全球登山界的目標都只放在「征服喜馬拉雅山脈十四座八千公尺高峰」或「七大陸最高峰攻頂」這兩座巨塔上，就像是一場來自世界好手的競賽，誰也不願意讓誰。然而，當梅斯納在一九八六年首次克服了十四座八千公尺高峰，美國的狄克・貝斯（Dick Bass）在一九八五年登遍七大陸最高峰之後，這兩大巨塔好像瞬間崩塌。被征服過的目標當下便失去了意義。而繼續攀登者，連「狩獵頂峰」都算不上，充其量只是「收集頂峰」罷了。就像小學生暑假坐火車，收集各個車站的站章一樣。即便世界最高的聖母峰，如今也有「公開募集」的商業性質登山隊，為大家舉辦「專業導遊的登山之旅」，只要付錢，就可以請當地的雪巴人幫你扛氧氣鋼瓶，拉著早就固定好的繩索，一路爬上山頂去。

這種遠足之後得到一個「登頂印章」的登山方法，從登山史的觀點來看，毫無意義。

曾經登上北極圈巴芬島（Baffin Island）索爾山（Thor）西壁，於冬天挑戰南美洲巴塔哥尼亞菲茨羅伊峰（Fitz Roy），又單挑極地大岩壁的山野井，在他二十九歲的時候，成功登上了喜馬拉雅山脈高峰，完成世界性的壯舉。那是一九九四年，山野井獨自挑戰卓奧友峰西南壁所寫下的紀錄。

卓奧友峰雖是八千公尺以上的高峰，卻有一條易走的正規路線，但它的西南面山壁卻難登至極。卓奧友峰的西南壁只有一個隊伍曾經征服過，這個隊伍是由瑞士人埃哈德・羅瑞坦（Erhard Loretan）、尚・托萊（Jean Troillet）和波蘭人克提卡所組成的「最強三人組」。

而山野井避開了這條瑞士波蘭路線，打算從山壁左側開闢全新的攻頂路線。

九月二十一日晚上八點半，他從六千公尺高度的起點開始向上攀爬，到了凌晨四點抵達七千公尺高度的核心段，到了最難爬的部分。那裡是混合了岩石與積雪，而且坡度達七十度的陡峭山壁。七十度的坡度，在一般人眼裡和垂直沒兩樣。他必須用冰鑿先鑿雪，挖出可以攀附的岩點。然後以岩點為立足點，一點一寸地往上爬。稍一不注意，就會瞬間摔落一千公尺以上。

到了下午三點，經過連續十六個小時的攀登行動（包括二小時的休息），山野井終於成功登上七千五百公尺的高度。為了消除疲勞，準備明天的行程，他先在該地紮營。

一般來說，紮營會選擇在雪堆裡挖洞，或是在山洞中過夜的宿營，但是如果用阿爾卑斯風格來攀登高山的話，使用簡易帳棚也可以歸類為宿營。當時山野井就是使用小型的個人帳棚。

隔天早上六點，他繼續開始攀登，但是眼前的軟雪讓他停滯不前。且到了八千公尺高度之後，又碰上了比七千公尺核心段更困難的岩壁。幸好岩石的強度夠，他靠著左手的冰槌尖端，以及不戴手套的右手，勉強克服了這一段。

最後一關克服了稀薄的空氣後，山野井終於在二十三日下午四點成功登頂。實際上，從起點到登頂只花了四十三小時半，可謂速度驚人。

而這次成功登頂，也為山野井冠上世界第四位「從非正規路徑，以阿爾卑斯風格獨力登上八千公尺高峰」的登山家名號。

也就是說，第一位是一九七八年登上南迦帕巴峰西壁的梅斯納，第二位是一九九〇年攻下洛子峰南壁的斯洛維尼亞人多摩・雪生（Tomo Česen），第三位是同樣在一九九〇年登上道拉吉里峰東壁的波蘭人克里茨多夫・維利斯基（Krzysztof Wielicki），第四位就是山野井了。

如果將登山當做一種運動競賽，那麼山野井的地位就有如在這項運動中達到最高境界的日本運動員，相當珍貴。如果把登山比喻為拳擊，他就像是挑戰重量級錦標賽的拳擊手，而不是蠅量級；如果比喻為田徑賽，他就像是奧林匹克運動會中一百公尺的冠軍短跑者。可見他的成就有多麼重要。

但是回到日本，山野井依舊是籍籍無名的小人物。即使登山相關雜誌有記載他的登山紀錄，電視和週刊卻沒有他的消息。或許是因為山野井本身是個低調的人，也或許是因他的登山經費都靠自己籌措，不需要打響名聲找贊助商吧。他是那種「只要能登上自己喜歡的山，就心滿意足」的人。

對這樣的山野井來說，八千公尺的標高並不是攀登喜馬拉雅山的絕對條件，即使標高在八千公尺以下，只要擁有壯闊的山壁，能讓他爬出美麗的路線，那麼這座山的價值就遠遠超過八千公尺的巨峰。

直線登上山頂是攀登山壁的最短路線，但並非每一面山壁都能夠以直線攀爬。甚至應該這麼說，在喜馬拉雅山脈裡，是不可能出現這種山壁的。所以登山家必須從山壁的形狀和性質去判斷，找出危險性最低、又能盡速登頂的路徑。這就是所謂的「路徑搜尋」。山野井所說的美麗路線，就是經過路徑搜尋之後，所找出的最佳路線。

將爬過的山壁拉出一條美麗的線，對山野井來說，這條線的美感比什麼都重要。而格仲康峰正是能夠畫出那條線的山峰。

3

山野井考慮在第二年雨季結束，大概九月左右前往攀登格仲康峰的東北壁之後，便開始積極收集西藏方面的格仲康峰資料。

可惜，無論如何尋找還是一無所獲。而他亟需入手的，就是東北壁的清晰照片。為此，他決定連絡唯一從西藏方面登過格仲康峰的斯洛維尼亞登山隊。

山野井曾經在日本與該隊隊長休雷姆菲利見過面，但並非時常接觸的朋友，也不清楚對方的聯絡方式。最後終於透過休雷姆菲利在日友人提供的電子郵件信箱，請求休雷姆菲利提供手上僅有的三張照片。但令人惋惜的是，照片裡並沒有正面拍出東北山壁的模樣。

不過，他倒是得到了另一項資訊，中國大陸曾經出版載有格仲康峰周邊的大略地圖。從地圖上來看，斯洛維尼亞隊是從格仲康峰冰河融解所形成的河流往上走，前往山峰北壁；但如果想要攀登東北壁，那麼從東邊的聖母峰方面前進會比較好。不過，能不能從那個方向進入格仲康峰？似乎無人知曉。

此時，山野井聽說了東大學生參加喜馬拉雅山的「公開招募」登山隊，打算在雨季前攀登聖母峰。山野井將渺茫的希望放在他們身上，希望對方能幫忙調查，是否有機會以犛牛運送裝備，從聖母峰的基地營搬到格仲康峰的東北山壁下？實際得花上幾天？山野井自己清楚，這次調查頂多只能問問當地人或是西藏登山協會的人，但是他希望至少能有一點新線索。

學生回來之後，山野井得到的新答案是，大概一天左右就能抵達。

隔年，二〇〇二年三月，山野井接受英國登山協會邀請來到雪菲爾（Sheffield）。那是由世界七位頂尖登山家所舉辦的座談會，七位登山家來自英國、美國、斯洛維尼亞，連波蘭的克提卡也來了。

英國的登山俱樂部、登山協會，不像日本登山協會和美國登山協會一樣，會冠上一個國名。因為他們是世界上第一個成立的登山俱樂部，不需要加上國名。

在這個歷史悠久的山岳協會中，是由傳說中的登山家道格·史考特（Doug Scott）決定「世界頂尖七人組」的人選。

史考特是以阿爾卑斯風格攀登大岩壁的知名登山家，同時也是出了名的討厭日本人的登山家。實際上，在採訪世界知名登山家的Beyond Risk刊物中，他還曾經兩次批評過日本登山家。他的論點只有一個，那就是「日本人喜好浩浩蕩蕩的極地型登山法，太過於依賴打好的繩樁。」

阿爾卑斯風格的前提，就是出了基地營，便不能再依賴其他助力。不能靠搬運工或其他隊員設置前進基地營，也不能接受路線設置等協助。當然，更不能有已經固定好的繩索。但是碰上山頂空氣稀薄，因缺乏氧氣而無法攀登的時候，手邊有設好的繩索難道不會想去用嗎？所以史考特指的是沒有繩索的地方，至少要撤掉已經固定好的繩索。史考特也說，日本登山家不是沒本事，但應以少人數自由攻頂才對。

不過，史考特對山野井的評價全然不同。他從《美國登山期刊》的報導中得知山野井的登山過程，也曾經聽主編拜克威說過山野井的登山故事。

英國雪菲爾位於利物浦的東邊，因擁有許多好岩場而知名。山野井就在雪菲爾的市民活動中心，面對五百位左右的聽眾，直接以英文發表演說。不過與其說是演說，其實比較像是登山家常常舉辦的「幻燈片交流會」。也就是一邊放映自己爬山時所拍攝的幻燈片，一邊說明登山過程、當時的心境，或是回答聽眾提問的技術性問題。山野井早在日本時，就已經請妻子將問題的答案翻譯成英文。

山野井的妻子妙子，是世界知名的女性登山家。妙子比山野井大九歲，當山野井高中時代還在攀登日本高峰的時候，妙子就已經接連征服歐洲高峰了。她與笠松美和子合作，從大喬拉斯峰的沃克側稜（Walker Spur）攻頂，寫下世界第一組女性搭檔成功登頂的紀錄；她也曾和兩位男性組隊，挑戰白朗峰普特雷稜線（Mont Blanc Arête de Peuterey）上的超高難度路線，於冬季二度挑戰時成功登頂。

在她與山野井結婚之後，還與遠藤由加聯手挑戰卓奧友峰西南壁的瑞士波蘭路線，於第二次成功攻頂。

巧的是，同一時間，山野井也以新路徑成功登上了卓奧友峰。事實上，山野井、妙子和遠藤三人為了節省入山費用，以一個隊伍的名義申請登山，到了當地才分成兩組人馬，分別挑戰卓奧友峰的西南山壁。

妙子和遠藤是晚上開始攀登，結果搞錯路線，總共紮了三次營才登上山頂。雖然困難重重，但是妙子和遠藤兩個人終於成為世界第一對女性登山家，以不攜帶氧氣瓶的阿爾卑斯風格登山法，循非正規路線成功登上八千公尺等級的高峰。

這個成就到底有多偉大呢？至此之後，再也沒有純女性登山隊伍或個人，以阿爾卑斯風格的非正規路線登上八千公尺等級高峰了。身為女性登山家，山野井妙子所創下的歷史成就可見一斑。

外國的登山雜誌稱譽妙子為「世界上最有天賦的女性登山家」，但是在日本卻沒人認識她。因為妙子比山野井還更低調。

妙子的英文能力並不出色。她沒有到過海外留學，除了登山之外也沒出過國。但是她卻有著連續八年收聽NKH英文廣播節目的毅力。日積月累下來，她和國外登山協會的成員可以暢談無阻。

山野井在雪菲爾的演說內容，雖只用了簡單的英文，但是清楚明瞭，獲得了觀眾最多的笑聲與掌聲。

演說結束之後，當地的年輕登山家帶著山野井一同去爬蘇格蘭的本尼維斯山（Ben Nevis）。這座山培育了道格．史考特等傑出的英國登山家。當時，帶領山野井的年輕登山家帶給山野井相當大的刺激。因為年輕登山家的生活相當困苦，窮到「即便不小心把便宜的登山用具遺留在山裡也會懊悔」的程度。但與山野井一同登山的時候，他卻擁有強烈的登山競爭意識，活力四射的展現自己的力量，不停往更高的地方邁進。山野井的生活雖然困頓，但是也沒窮到弄掉一項工具就會煩惱的程度。甚至只要拜託登山用品的廠商，就會有人提供必要的裝備援助。山野井在心中暗暗認為，年輕登山家展現的強烈意志，這就是日本登山家所遺忘的精神。

比起那些曾經征服過的山脈，兩人登上本尼維斯山的過程，可說輕鬆自在、心曠神怡。本尼維斯山高度約一千三百公尺，有兩百公尺左右是接近垂直的岩壁。岩壁表面受海風吹拂而沾上水氣，結了一層厚實的冰。山野井心想：「如果以後要去攀登格仲康峰，現在正好是不錯的訓練機會。」

老實說，這時候他的心裡幾乎已經決定要攀登格仲康峰了。

就在這個時間點前後，新聞報導美國登山隊在雨季之前的春天，要進攻格仲康峰的東北山壁。山野井心想如果對方捷足先登，自己就不是征服東北山壁的第一人了。

其實第一名並非登山樂趣的絕對條件，但是第二之後的登山家，肯定會少掉探索登山過程，以及完成登山目標的成就感。即使不清楚攀登的詳細路徑，光是聽到已經有人爬過，那這座山的難度在登山家的心目中瞬間就掉了幾成。

今天山野井想要首次攀登的原因，絕非爭奪第一的名聲，而是要追求更多的登山樂趣。

不過，麥可・比亞吉（Mike Biagi）和布魯斯・米勒（Bruce Miller）所組成的美國登山隊並沒有讓山野井擔心，因為這一隊的成功機率幾近於零。

在登山的世界裡，不會有什麼大爆冷門的天才或黑馬，而這支美國隊二人組也沒有什麼顯赫的登山經歷。格仲康峰的東北山壁，即使是世界一流的登山家，也只有五成的成功機會。山野井心想，這支美國登山隊若想征服東北山壁，得要老天大大的保佑才行。

這支美國隊的登山家似乎有個特別的野心。世人將格仲康峰的海拔定為七九五二公尺，但是也有人說是七九二二公尺，或七八九七公尺。而喜馬拉雅山脈裡面，還有其他像格仲康峰一樣高度未定的高峰。因為測量方法和基準點的不同會產生誤差，而且喜馬拉雅山脈依然在變動中，所以有許多山峰的高度依然眾說紛紜。美國隊的這兩個人懷疑格仲康峰的高度與一般說法不同，甚至超過八千公尺。他們的目標是帶著GPS行動裝置，到山頂算出格仲康峰的真正高度。

結果卻令人遺憾，這支美國隊不僅沒能將GPS搬上山頂，其中一名隊員在適應高度的途中失足摔死，另一名隊員無法將其遺體帶回，只好獨自回到基地營，無功而返。

此後，在山野井腦海中，「單挑格仲康峰東北山壁」的念頭更加盤旋不去了，如果辦不到，至少也要「和妙子一起攀登北壁」。過了一陣子，他終於對妙子提出這個想法。

初夏時節，山野井開始擬定具體的攀登計畫。

首先，聯絡西藏登山協會，到取得入山許可證的種種事務，全由妙子一手包辦。

妙子不只是個傑出的登山家，她還具備登山家普遍缺乏的實務能力。妙子之前總是被推派擔任登山隊裡的會計和總務，因為世上再也找不到像她那樣既擅長事務管理，技巧又精湛的想讓人同行的登山家了。

從傳真到打了不知道多少通電話催促，妙子終於拿到了入山許可證的傳真回覆。傳真的第一行寫著「親愛的山野井女士」，內容大致如下。

「感謝妳的來電與傳真。

關於妳要求在今年秋天預定進行的格仲康峰（七九八五公尺）小規模登山行動，請先繳交二千七百美元方可核准。

費用包含以下項目：

入山費、從國境到基地營的來回搬運費、加入登山隊伍之前的飯店與餐飲費、道路維修費、環境保護費、連絡官與其助手的人事費，以及一人三頭犛牛的費用。惟自基地營返回時，一人為兩頭犛牛。

請確認內容之後再行回覆。」

這封傳真讓山野井印象深刻的，是西藏登山協會標定格仲康峰為七九八五公尺。這樣說來，格仲康峰只差僅僅十五公尺，就是八千公尺的高峰了。

接下來，他們連絡了加德滿都當地一家叫Cosmo Trek的旅行社。告知自己的大略登山行程，並委託對方準備必要的手續。

Cosmo Trek是日本人所經營的旅行社，主要處理尼泊爾境內的一般旅行，也會照料登山遠征隊，在日本相當知名。

最後山野井委託Cosmo Trek三件事情，取得中國簽證、把他們送達西藏邊境，還有準備一位廚師。

結果，兩人全部的費用是一百五十萬日圓。其中包含從日本到尼泊爾的機票、中國的簽證費、從加德滿都到尼泊爾—西藏邊境的運費、一位廚師五十天的租金、繳交給西藏登山協會的費用，還有在加德滿都採購食物與燃料的費用。由於格仲康峰不是八千公尺以上的高峰，所以入山費用較為低廉，但是費用如此便宜的真正原因，在於他們兩人的登山風格幾乎花不到什麼錢。

至於初夏到盛夏的這段期間，兩人先往美國享受登山的樂趣。一方面是開始攀登訓練，另一方面也是想適應高度，不過，單純享受攀岩的樂趣是兩人主要的目的。

山野井和妙子租了一輛車，與朋友遠藤由加一同前往科羅拉多山脈進行自由攀岩之旅。遠藤是妙子的老搭檔，曾經以阿爾卑斯風格登上卓奧友峰的夥伴。

之後，遠藤獨自返回日本，山野井夫婦倆環遊懷俄明州去了。途中還拜訪了剛辭去《美國登山期刊》主編職務的拜克威家。當時拜克威原想介紹當初挑戰格仲康峰的美國登山隊的生還者給兩人認識，卻被他們夫婦拒絕了。雖然對方可能握有東北山壁的清晰照片，但是山野井卻不大想與對方見面。

回到日本之後，兩人密集在鹿兒島的鹿屋體育大學中進行低氧室訓練。低氧室是為了讓運動選手進行高地訓練而建造的設施，可以在密閉空間裡創造出相當於四千公尺、五千公尺和六千公尺的稀薄空氣。山野井夫婦就在那裡度過一天又一天，有時候踩踩裡面設的腳踏車，有時候在跑步機上跑步，盡量增加心臟的負荷，才能提早在平地進行高度適應。之前山野井與克提卡挑戰K２東壁之前，也用過這個設施，深覺效果不錯，於是仍舊沿用這樣的訓練法。

山野井夫婦回到東京之後，便立刻動身前往尼泊爾，準備攀登格仲康峰。

第二章　山谷深處

路在群山之間蜿蜒，穿過河邊的懸崖，便來到像沙漠似的荒地區域。這裡幾乎無人通行，偶爾會有捲著沙塵而來的車輛與他們擦身而過……

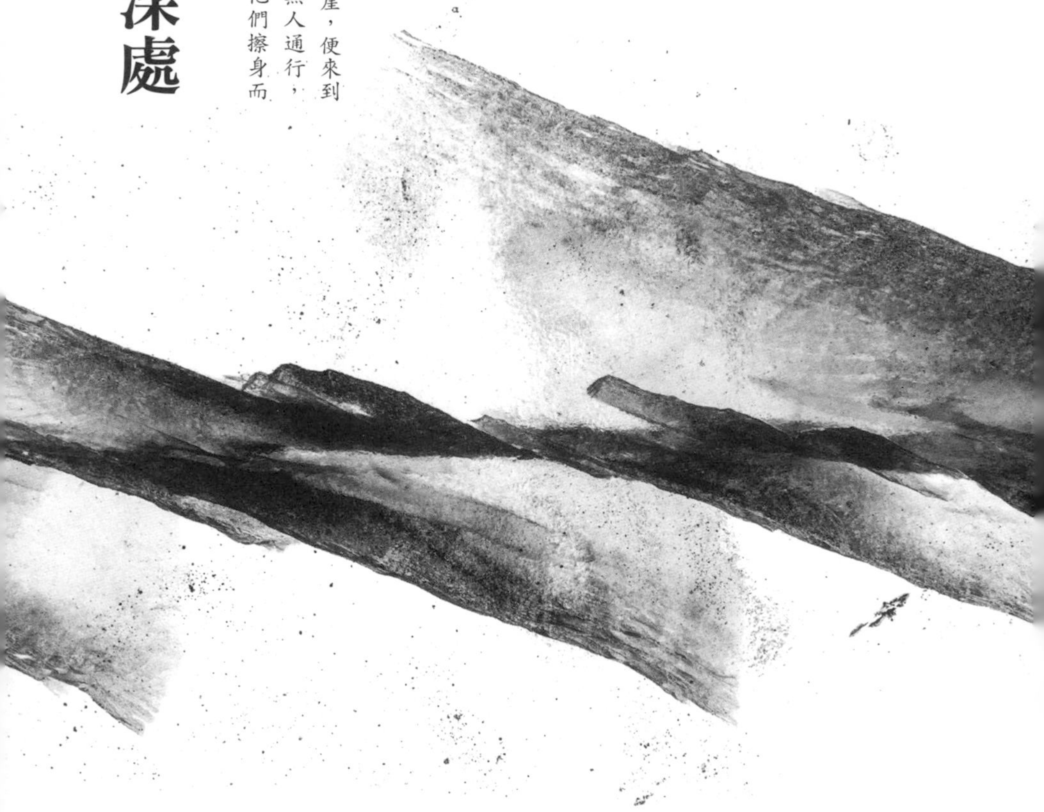

1

八月三十一日，山野井夫婦離開了位在奧多摩的家，前往尼泊爾。

有三條路線可以從日本抵達尼泊爾。第一條路線，是從成田機場到泰國曼谷轉機，再飛往加德滿都。第二條路線，是從關西國際機場到上海轉機，再飛往加德滿都。最後一條路線，是從成田機場到香港轉機，再飛往加德滿都。其中到香港轉機的路線必須更換航空公司，不是很方便，不列入考慮；這麼一來，就只有去上海轉機或是曼谷轉機了。兩邊的航空公司分別是皇家尼泊爾航空和泰國航空。從時間上來看，皇家尼泊爾航空的上海轉機航線比較快，但是皇家尼泊爾航空偶爾會出問題。如果只是誤點還好，可怕的是班機經常莫名取消。兩家航空的廉價機票價位都差不多，就差在要選「速度」，還是「準確」了。

這次他們選擇了準確性，前往曼谷轉機。

他們訂的是九月一日的航班。山野井夫婦提前在八月三十一日出發，因為山野井當天要在父母位於千葉縣都賀的老家過夜。

最近幾年去國外登山的前一晚，山野井一定會到父母家過夜。表面上看來是分擔了當天奔波的路程——因為從奧多摩住處到成田機場要花上三個小時，但是從都賀搭父親的車去機場，不到三十分鐘就可到達。但是他其實另有用意：因為每一次的遠征都是生死未卜之旅，行前在父母家過夜，也算是盡一份孝心。

山野井的父親在他過去所有的登山活動中只反對過一次。但是從此之後，再也沒有說過什麼。只是不時會對山野井這麼說：

「我不想白髮人送黑髮人啊。」

接下來還會說：

「別讓我參加你的喪禮喔。」

山野井的父親明白，兒子的登山遠征，與死亡只有一線之隔。

往尼泊爾出發的當天，山野井夫婦在青梅線的起點奧多摩站，搭上往千葉的電車。起點站的電車車廂應該是安靜無人的，但今天卻多了帶著攝影機的三人組。

他們是前來拍攝山野井紀錄片、電視製作公司的工作人員。導演希望製作一部三十分鐘的紀錄片，而最後一個鏡頭，就是山野井和妙子坐在青梅線電車上的畫面。

其實山野井本人並不想出現在螢光幕前。每每有電視台來採訪，山野井泰史只關心「上了電視之後，自己和妙子的雙親會不會不高興。」就如同遠征前會到老家過夜一樣，只要父母開心，偶爾上個電視也沒關係。

即便如此，山野井是不會違背原則只求上電視。

大約一年前，ＮＨＫ電視台希望以新年特別節目的方式，拍攝山野井不帶氧氣瓶攀登聖母峰的影片。拍攝內容是山野井在雨季前後，獨自攀登一次聖母峰的經過。之前提過，對於真正的登山家來說，這種「收集頂峰」的作法全然無意義，所以山野井建議了其他險峻的山嶺，但電視台不僅不理會，只在意有沒有沾上「世界第一高峰」聖母峰的名號，甚至規定山野井得從正規路線攀登！如今，聖母峰的正規路線上每年都有一大票的觀光客，包括公開募集登山隊在內，拉著固定好的繩索，請當地人背著氧氣鋼瓶，輕輕鬆鬆走上山頂。這完全違背了山野井的征服原則。就算真的要拍攝攀爬聖母峰，他也要開拓無人走過的路線，一步一步攀上無人到過的山壁。但是電視台無法理解他的想法，執意拍攝山野井攀爬這條正規路線。山野井因此放棄說明，回絕企劃。如果能上ＮＨＫ新年特別節目，父母一定會很開心，但是他還是拒絕了。

相較之下，此次民間電視台的人物紀錄片，希望拍攝屬於登山家山野井泰史的日常生活，而山野井也與他們意氣相投，特別是那位不屬於電視圈的導演。

山野井真的很不喜歡為了某種目的而去「表演」，但是導演卻很能理解他的內心，溝通之後他們拍下的最後一幕，是讓山野井望著奧多摩景色的神情。

搭上電車的時候，攝影師說了：

「現在山野井先生就要前往喜馬拉雅山脈了。我想拍你出發前最後一次欣賞奧多摩的表情。」

山野井聽從導演和攝影師的要求，坐在窗邊看著奧多摩的山林、河流，以及河上的大橋。看著看著，他心中浮現一個想法：

「我還能再看到這幅風景嗎？」

從奧多摩站出發經過了五個站，工作人員拍到了需要的鏡頭，便在御嶽站下車。然後電視台工作人員再用廂型車把他們送到千葉。

下午，山野井抵達父母在都賀的老家。母親準備了烤鰻魚，招待電視台人員一同用餐。

吃飯的時候，大家聊到節目何時會播出，工作人員說正好是在攀登格仲康峰的九月中，於是山野井又想著：

「我能看到這段節目嗎？」

當然，播放當天沒看到也沒有什麼大不了。但山野井開始煩惱的是，能不能活著回來。父母應該會錄影，導演也應該會送拷貝來，但要是無法平安返家呢？

隔天下午，山野井夫妻搭著父親的車來到成田機場。母親也如往常一般前來送行。

抵達機場之後，他們到航站南翼的泰國航空櫃檯完成劃位。在走出機場大廳之前，山野井對父親說：

「可以幫我們拍一張嗎？」

山野井的父親雖按下了快門，卻不明白其中的緣由。之前幾次機場送行從來沒有拍過照片，這還是第一次從山野井口中說出想拍照留念。

其實並沒有什麼特別的理由。以往兩人在上飛機之前都非常忙碌，因為登山者必須攜帶沉重的裝備，手持行李經常超重，但為此繳交昂貴的超重費用又太浪費，所以必須跟其他行李較少的旅客交涉，請對方幫忙帶行李……這類的瑣事總是會花掉上機前的所有時間。不過，這次剛好有其他山友分擔了。為了打發登機之前的空檔，山野井才對父親說：

「幫我們拍張照吧。」

這句話聽在山野井的雙親耳裡，卻有著不同的涵義。父親覺得是個壞兆頭，母親則不希望聽到這句話，他們都認為這個請求不吉利，好像在說：「請幫我們拍張遺照」一樣。

2

泰國航空班機從成田起飛是下午六點半，東京與曼谷的時差是兩個小時，所以抵達曼谷是晚上十一點。接下來要從曼谷轉機到加德滿都，不過距離班機起飛還有十個小時以上的時間。

山野井夫妻走出曼谷廊曼（Don Mueang）機場的海關，到處收集紙箱，然後在出境大廳的樓梯底下打了地鋪，稍事休息。他們知道機場裡面有付費使用的休息室，但是一間要五十塊美金，實在捨不得。

山野井夫婦，尤其是妙子，可說是道地的鐵公雞（或者該說是鐵母雞？）。妙子不喜歡無謂的花費。雖然兩人收入並不豐厚，但是只要找到想爬的山，他們可以不需要贊助便可成行。他們在奧多摩住的是月租兩萬五千日圓的老房子，用老房子裡面的老灶，煮妙子老家送來的米，再配上山裡摘來的蔬菜，吃飯根本用不了幾個錢。服裝也幾乎不花錢，家具只符合最低需求，不是用借的就是買二手的。而省下來的錢，就能讓兩人去爬想爬的山。所以他們才會極力節省開銷，但是這種節省絕對不是吝嗇或小氣。例如朋友有困難需要幫助，他們出手援助是從不求回報的。

睡在機場航廈的樓梯底下，必須忍受人們上下樓梯的腳步聲，不可能睡的安穩，不過只要能放開手腳躺著休息就足夠了。畢竟開始攻頂之後，還不知道要比這辛苦多少倍呢。

上午十點半，泰國航空的班機從曼谷起飛，四小時後抵達加德滿都的特里布萬國際機場（Tribhuvan）。

機場的航廈很小，在出入境管理櫃檯繳交三十美金辦理簽證後，走出海關，居然已經穿過建築物到外面來了。

兩人來過加德滿都好幾次，原本打算如往常一樣買票搭車，剛好碰上Cosmo Trek旅行社的職員，於是搭了對方的便車到達市區。

Cosmo Trek辦公室位於日本和美國大使館等使館林立的蘭茲帕特區。一抵達辦公室，社長大津二三子便熱情迎接他們，一如往常。

大津二三子原本是跟著丈夫來加德滿都發展的家庭主婦。丈夫辭去上班族的工作創辦Cosmo Trek後，希望妻子能接棒經營，沒想到大津女士不僅事務處理得宜，還經營得有聲有色。大津女士憑著柔軟的身段和能幹，獲得登山家一致的信任。從日本到加德滿都準備攀登喜馬拉雅山的登山家，絕大多數都是透過Cosmo Trek申請許可，或雇用雪巴工人。

當天，山野井夫婦來到位於辦公室附近的高級住宅區，造訪大津一家人。二三子的丈夫原本也是登山家，在他的熱情邀請下，山野井夫妻在那裡住了一晚。

在加德滿都，背包客大多聚集在塔美爾（Thamel）地區的便宜旅館「百合酒店」（Hotel Lily），山野井夫婦也不例外。三餐就在附近的餐廳解決，總是以尼泊爾人的家常菜「豆菜飯」（Dal Bhat）度日。Daal的意思是豆子湯，所以豆菜飯就是豆子湯加上米飯和蔬菜的套餐。兩人原本就熱愛這種平民生活，本想拒絕旅行社接風，不過，當天不僅沒訂房，在大津夫妻極力邀請的情況下，只好赴約。

大津家有豐盛的日本料理，但是大津先生無酒不歡，即便平日的晚餐，總是不知不覺搞得像酒席宴會；他們也特別喜歡招待來爬山的日本人共進晚餐，但行前宴會對山野井夫婦來說壓力不小。一來是兩人本來就不喜歡喝酒；二來，在入山之前兩人的心情不免忐忑。這段期間雖並非完全不想參加酒席，然而席間難免會感到些許沉重。緊張的程度，大概就像「開始登山時，路經盛放的野花，卻一點也不覺得美」的心情。大津家的宴會也是，就算聊得再怎麼開心，兩人也只能點點頭，心中卻沒有絲毫的歡樂。當時為了回應大津夫婦的善意，確實讓兩人傷透了腦筋。

山野井夫婦從抵達加德滿都的第二天開始，就在Cosmo Trek的辦公室進行攀登格仲康峰的準備。說是準備，這支登山隊也只有夫婦兩人，以及隨行的雪巴人廚師而已。大概只有清點裝備、食物採買、打包這些必要事情得做，其他大部分都交由同行的廚師葛爾千處理。

嚴格來說，兩人的遠征隊是不需要帶廚師的。因為他們什麼都吃，即使妙子以當地材料做出來的料理，兩人也照吃不誤。只有兩個人的話，從加德滿都搬上山的必要配備也會更少。但是搬運途中除租用犛牛外，與西藏人的溝通不能少，所以得帶一個懂藏語的人。

葛爾千在護照上的名字是葛爾千・雪巴。人如其名，他是雪巴人，說一口流暢的雪巴語及尼泊爾語，而藏語和雪巴語系統相似，所以他也懂個五成，溝通上不成問題。除此之外，葛爾千還能說點日文和英文。

山野井夫婦並不是第一次與葛爾千搭檔。四年前兩人挑戰馬納斯盧峰（Manaslu）時，也是找葛爾千同行，兩人都很喜歡葛爾千穩重又溫和的個性。

山野井夫婦只擔心一件事情，當時挑戰馬納斯盧峰時碰上了雪崩，結果無功而返。這次再找葛爾千同行，會不會再遇到那種事呢？

夫婦倆心中雖然有同樣的心思，但最後也都不再去想了。因為在意這種小事情的人，是不會去爬喜馬拉雅山的。

不過，山野井對葛爾千看著行李而感嘆發出的那句話，倒是印象深刻：

「兩位這次還是沒帶無線電啊。」

這一點，他在日本時也和妙子討論過了。

「如果我遇難，妙子也不可能把我救出來，所以就不用無線電了。」

先在基地紮營的山野井妙子或許可以繼續攻頂，但絕對無法救助山野井泰史。這並非妙子是個冷酷無情的人，只是想在格仲康峰搭救遇難的山野井泰史，比登天還難。

另外，無線電會妨礙注意力。山野井剛開始和妙子一同攀爬時，是有攜帶帶無線電的。沒錯，與基地紮營的妙子交談，的確可以感受到一股安心感，但是越到後面，就越會生出許多無謂的擔心。不僅如此，對於追求裝備極度輕量化的阿爾卑斯風格登山來說，即使只有一百公克，也是能省就省。不過，山野井不帶無線電還有個最大理由，他害怕帶了這種文明工具，就會失去赤手空拳與高山格鬥的真實感。

然而，兩人在四年前遭遇雪崩時，無法在第一時間以無線電緊急連絡救難的葛爾千，卻是耿耿於懷。

兩天後，山野井、妙子、葛爾千三人到塔美爾區內部的阿山廣場（Asan Chowk）市場採買。

他們從日本帶來的冷凍乾燥食品，只能讓他們攻頂兩次，所以必須採買攻頂之前三個人三十天份的食物。

除了米，還有洋蔥、馬鈴薯、青椒、茄子、小黃瓜等蔬菜，加上大蒜、薑等香料，煮豆子用的扁豆等豆類，香腸、魚罐頭。還有卡式瓦斯爐用的瓦斯罐，隔天就裝在圓桶狀的塑膠容器裡面。肉類和雞蛋，為了減少搬運損傷，所以出發當天才買蛋，抵達西藏後再買肉。

他們在Cosmo Trek辦事處的屋頂進行打包。那裡同時也有將遠征其他山峰的其他日本遠征隊，跟這些登山隊相比，山野井和妙子的行李少得可憐。全部攤開來只佔屋頂的一個小角落。雖說如此，總重量也已多達三百公斤。

3

九月七日早上，山野井和妙子從加德滿都啟程。

大津家門前的道路太窄，無法開進大型車輛。所以兩人先到了加德滿都市中心的圓環道，等葛爾千帶車子過來。

清晨五點半，一輛巴士改裝的貨車停在兩人面前。車裡裝了他們的行李裝備，兩人一上車，便直往國境奔去。

行李是裝了登山工具、雪鞋、繩索、睡袋、帳棚、衣服、食物的塑膠大圓桶，一共有九個。搬運這些雖不用大型車輛，但是想到要運送人員和裝備，巴士型的車輛是挺方便的。葛爾千會負責與司機溝通，山野井更無後顧之憂。

尼泊爾是個沒有海岸線的高山國家，加德滿都則是由群山包圍的盆地。所以無論去哪裡都要爬坡。尤其是前往七八千公尺高峰林立的西藏邊境，更要一口氣爬上許多陡坡。

加德滿都海拔高度一千三百公尺，而海拔每升高一百公尺，梯田裡的稻穗顏色就會不一樣。在一望無際的稻穗裡，隨著高度不同，稻穗的顏色也漸起變化，一眼就看得出平均氣溫正隨著地勢的升高而慢慢降低。

通過海拔一千六百公尺之後，山路旁盡是幽谷川流，對面的懸崖上還能看見幾道有如銀絲般的瀑布。偶爾也會看見被山崩摧毀的小村落。

位於尼泊爾附近的國境城鎮叫科達里（Kodari）。來到科達里附近，可以看到幾十輛等著通過國境的卡車，正依序排成一排。想要通過尼泊爾與西藏邊境，手續相當複雜。被高深的山谷與河川分隔的兩國之間，架著一座「友誼橋（Friendship Bridge）」。

載著山野井等人的巴士，必須在尼泊爾的國境事務所前下車。因為任何人都只能步行通過友誼橋，葛爾千會在科達里當地尋找尼泊爾人協助將行李搬運至西藏境內。

橋的另一邊就是西藏，在那裡等著的是西藏登山協會準備好的四輪傳動車和中型卡車。四輪傳動車上坐著司機和連絡官。

連絡官（liaison officer）是專門為外國登山隊服務的一群人，在巴基斯坦大多是由軍隊士官擔任，所以也稱為「聯絡士官」。但西藏的連絡官並不是軍人，所以稱他們為「連絡員」會比較好。從登山者入山、下山，到從友誼橋回到尼泊爾為止，連絡官都會全程支援。連絡官同時也是避免外國登山者做出不法行為的監視者。

走過友誼橋，將行李搬上卡車之後，山野井一行人一口氣爬上了彎曲的坡道。往上海拔一百公尺左右，才抵達西藏的國境事務所。

通過尼泊爾國境事務所時剛過九點，抵達西藏國境事務所則已經十一點半了。並不是那段山路得走兩個半小時，而是尼泊爾與西藏之間有著兩個小時又十五分鐘的時差。中國的國土雖廣闊，但不分時區，全國統一使用北京的時區，所以身在距離北京千里之遙的西藏，時間已經有落差。在這個時節，尼泊爾邊境是早上六點天亮，但是一線之隔的西藏則已經八點多了。

西藏這裡的邊境城鎮叫樟木鎮，感覺比尼泊爾的科達里要富裕一些。似乎中國近年來的經濟起飛，也影響到這個邊境小城了吧。

在國境事務所辦完簡單的手續後，他們總算走上貫穿海拔兩千到三千公尺地帶的中尼公路，往喜馬拉雅山脈前進。中尼公路，就是連接中國和尼泊爾的國際公路。

中尼公路從尼泊爾通往西藏拉薩，是拉薩最大的主要幹道。離開國境不久，公路對面也和尼泊爾一樣，有著青翠的山崖和銀白的瀑布，但是再過去一些，就進入佈滿岩石的乾燥地帶了。

傍晚，一行人抵達聶拉木。

聶拉木的高度是海拔三千七百公尺，幾乎和富士山頂一樣高。下一站是喜馬拉雅的登山中繼站定日，而這段路上連個像樣的村莊都沒有。

住處是由西藏登山協會事先訂好的。登上老舊建築間昏暗陡急的樓梯，房間裡擺了三張木板床，上面的棉被看來相當潮濕。吃食也早已決定，得在對面餐廳的二樓用餐。

山野井在餐廳巧遇日本的登山舊識。對方和同伴組成的是公開募集隊員的卓奧友峰登山隊，這個登山隊的情況令山野井和妙子兩人感到吃驚，不僅有固定好的繩索直通山頂，氧氣的供應也很驚人，先是在山腳下吸飽氧氣，攻頂時讓雪巴人扛著氧氣鋼瓶上山，最後再給他們章魚腳一般的連結管來吸氣。「這樣根本就完全失去登山的樂趣了！」山野井暗想，或許他們只是想要登上山頂的這個事實吧……。

聶拉木是由群山包圍的山谷城鎮，雖然才九月初，晚上的氣溫就已經相當低了。

為了防止盜賊偷走行李，葛爾千睡在車上過夜。即便再怎麼習慣睡袋，沒有帳棚睡在夜風中的葛爾千依然相當辛苦。一早醒來，葛爾千滿嘴都是「冷死了，冷死了。」以後不要再讓葛爾千如此睡了，山野井想著，雖然這是葛爾千對小小遠征隊抱持強烈責任感的自發性決定。

當天他們為了適應高度，先去爬了聶拉木東側的平緩丘陵。

所謂適應高度，就是讓身體習慣高海拔狀況的行動。

人類一到高海拔，身體就要承受某程度的變化。依人狀況不同，大約在海拔三千公尺以上就會產生不適。要是登上八千公尺高峰，那就更不用說了。沒有人喜歡頭痛、噁心、食慾不振、頭腦遲鈍、運動能力降低的廣義高山症，而情況嚴重的人，還可能造成肺水腫或腦水腫而喪生。為了盡量減輕高山症的影響，得先慢慢在高地上讓身體適應高度。先爬四千公尺的山，再爬五千公尺、六千公尺。一邊考量自己的體力和目標山峰的高度，一邊反覆進行高度適應。

山野井和妙子在聶拉木所爬的，是一座五千公尺左右的無名峰。他們爬到四千七百公尺左右高度，就中途下山了。之所以不攀上頂峰，是因為剩下的距離太長，卻無法獲得相對的高度。對適應高度來說，最重要的就是體驗高海拔。

剛進入聶拉木，妙子已經開始頭痛，到了需適應高度的當天更嚴重。噁心的同時，妙子的臉已經出現浮腫。

妙子原本就不是擅長高海拔的登山家，適應高度得花很多時間的她，即使比較適應，在七千公尺以上依然無法進食，吃進嘴裡的食物還是會吐出來。隨著年齡增長，情況越來越糟。

就登山家來說，對高度的適應能力幾乎都取決於先天體質，所以想鍛鍊也沒辦法。

「如果妙子不怕高海拔，應該會是個傳說中的登山家吧？」山野井這麼想。在海拔七八千公尺的高峰上，好幾天沒有進食的妙子，依然展現出一般男性登山家都望塵莫及的攀登技術。與妙子不同，山野井泰史對高度的適應很快，雖還不到不需適應的程度，依然優於一般人。

在聶拉木住了兩天之後，一行人再次啟程。

公路在群山之間蜿蜒，穿過河邊的懸崖，便來到像沙漠似的荒地區域。這裡幾乎無人通行，偶爾會有捲著沙塵而來的車輛與他們擦身而過，滿天的沙塵讓他們不得不把車窗關緊。

公路高度是從海拔四千五百公尺推進到五千公尺，這個高度已經超越歐洲阿爾卑斯山的群峰了。人的身體明顯的感受到空氣的稀薄。

到達公路最高點，海拔超過五千公尺的亞汝雄拉山口之後，放眼望去，可以看見喜馬拉雅山脈群峰。

通過亞汝雄拉山口之後，就是微微的下坡。人煙依然稀少，不過可以看見許多放牧在大草原上的犛牛和羊。等到右手邊再次出現喜馬拉雅山脈的雪白群峰，路邊有著攤販的小鎮時，即抵達定日了。

車隊停在西藏登山協會所決定的住宿處前面，然後山野井和妙子獨自前往村外河上的小橋。因為從橋上可以看見聖母峰。而且，沒錯，聖母峰的右邊就是他們一直以照片研究過的格仲康峰。遠看無法得知山壁的情況，但是整座山峰看來是灰色的，這代表岩石裸露在山峰的表面。

「雪好少啊。」

妙子站在山野井的身邊這麼說。

在雨季期間的六到八月，積雪會達到最大量。從雨季停止的九月開始則會減少。或許今年的雨季比較早結束吧？

基本上，山野井喜歡攀登垂直的岩壁，但是以阿爾卑斯風格登山法來說，有點雪會比較好爬。與其用繩索，不如一手拿冰斧，一手拿冰鎚，邊插雪邊爬的雙斧法會比較快。

進入西藏之後，天氣一直不錯。若不快點抵達基地營，雪就要融掉了。好天氣讓山野井想要快點出發，快點攻頂。他開始有些焦躁起來。

4

山野井一行人在定日住了一晚，車隊從中尼公路下到其他岔路，往絨布寺前進。若想從西藏方面攀登聖母峰，絨布寺是一個重要基地城。

他們的行李卡車先停在絨布寺，由四輪傳動車往聖母峰基地營前進，好觀察一下狀況。

沒想到抵達基地營的一行人，卻遇上了大麻煩。

雨季之前，登過聖母峰的學生曾經對山野井說，從絨布寺經過聖母峰基地營，可以繞到格仲康峰的東北壁附近，但是連絡官卻表示絕對不可能。因為從聖母峰基地營往格仲康峰的路已經堵塞，無法以犛牛搬運裝備和行李。這麼一來，就必須從格仲康峰冰河溶化形成的河流往上走，往北壁前進。不只行進距離會拉的很長，而且還不知道能夠接近格仲康峰到什麼程度。就算接近到某個程度，也必須繞上一大圈，才能抵達目標的東北壁。萬一基地營設置地點太遠，無論是適應高度或是攻頂，都必須花費大量的精力。

「應該可以過吧！」

「不可能，過不去！」

山野井和連絡官都快吵起來了。

看著格仲康峰山腳的情勢，山野井總覺得可以過得去。他希望獨自先去探探狀況，但是連絡官認為路上的雪崩會讓路不通，登山隊中的幾個西藏人也都認為，想從聖母峰基地營走到格仲康峰東北壁，是絕無可能的事。

山野井束手無策，只好選擇走上格仲康峰的冰河，前往北壁。

一行人從基地營回到絨布寺，再和卡車走了一段回頭路。他們得趕到聖母峰的絨布寺冰河與格仲康峰冰河的交會點，那裡是等待犛牛的地方。

將行李放在山谷中的河岸邊，連絡官和司機就把車開往絨布寺，留下山野井、妙子、葛爾千三人搭帳棚。從這裡開始就沒有像樣的路了，只能讓犛牛駝著行李，沿著格仲康冰河河岸走上去。所以在犛牛抵達之前，只能靜靜等待。

料想不到的局勢讓山野井心情低落，葛爾千為了炒熱氣氛，開朗地對他說：

「這是山野井先生第一次露營吧。」

三個人在懸崖下的冰冷河谷，搭起了帳棚。

隔天也是個爽朗的好天氣。山野井隱忍著想趁好天氣快點攻頂的焦躁心情，與妙子到附近的山上去適應高度。

營地對岸就有一座海拔五千三百公尺左右的高山。

爬上這座山，格仲康峰清晰可見。雖然只能從側面看見東北壁，但是北壁就在正前方。仔細一看，格仲康峰真是一座好山，北壁也是一面好山壁。

在河岸邊紮營的第三天，天氣依然晴朗。

這天他們爬上另一座五千五百公尺的山，途中看見了幾十頭的鹿群。兩個人還是第一次在西藏方面的喜馬拉雅山上看見鹿群。

回到帳棚裡，山野井意外的感受到自己的疲倦。在這種高度，這樣的適應行動之下，竟然讓人如此疲勞，對山野井來說是頭一遭。為什麼會這麼累呢？

他的發現還不只這些。帳棚邊出現一隻不知打哪裡來的公狗，看來年紀相當大，牙齒都搖搖欲墜了。

他們給狗兒一些肉屑和小餅乾，但牠依然沒什麼精神。

應該是隻牧羊犬吧？山野井這麼想。或許是老得跑不動了，所以被主人拋棄了吧……。

根據連絡官的說法，犛牛應該會在這天抵達，但是抵達時已是深夜了。

當晚總共來了三個人和九頭犛牛。跟之前說的一樣，一人分到三頭犛牛。牽犛牛來的三個人當中，兩個是男人，而第三個是個十歲左右的小女孩。一開始山野井還以為她是其中一個男人的兒子，但並非如此。原來她的父親過世了，小女孩只得把自己家的犛牛牽了過來。不時咳嗽的她令山野井有些擔心，「或許是因為高地上又乾又冷的空氣吧！」

葛爾千趕忙做飯給這三個人吃，不過小女孩卻沒有吃多少。

隔天早上，山野井準備開始前進，卻發現女孩帶來的犛牛少了兩頭，即便其他男人也找不到牠們。看來是犛牛不喜歡附近缺乏牧草，所以循著原路回村子裡去了。

結果大家只得把行李放在剩下的七頭犛牛身上，往格仲康峰冰河出發。少女雖然沒力氣搬行李，但是只要犛牛不聽話，她就會用拳頭大小的石塊精準地砸上犛牛的鼻頭，讓牠們聽話。犛牛是牛科動物，平常相當溫馴，但是只要一鬧起牛脾氣來，用千斤頂也頂不動的。山野井看到小女孩漂亮的招數，忍不住讚嘆起來。

「小妹妹，有一手喔。」

看著犛牛和養牛人家，山野井心中突然有些慚愧。因為自己想登山，就要他們來勞動。講難聽一些，就是為了自己的興趣而逼他人做苦力。當然，他們有拿到報酬，工作也是理所當然，但是山野井就是多了點感性。

另一方面，妙子不喜歡都市，也不喜歡和人交際。但是像這種如此貼近大自然的人，她倒是很樂意深入了解的。而且對喜歡動物的妙子來說，與犛牛一起行進並不麻煩，反而挺開心的。

從冰河流出來的融冰水，可能因為含有黏土，帶著微微混濁的翡翠色。一行人沿著河岸往上走。如果只有人，或許可以抄近路爬過險峻的丘陵，但是犛牛可不行，過不去就是過不去。

不知不覺間，帳棚邊的老狗也跟著他們一起走。

山野井心想，這或許是老狗最後的一趟旅程了，希望牠能好好享受這段路。

八小時之後，他們在水流清澈的河邊紮營。走了一整天，眼前的格仲康峰卻沒有接近多少，可見路程還遠的很，山野井心裡難免有些失望。

妙子想給小女孩吃點東西，但是她卻不太想進食。不是因為客氣，可能是抗拒不熟悉的食物吧，小女孩只吃西藏傳統的糌粑和酥油茶便滿足了。另外，她雖然喜歡小餅乾，但是巧克力好像不合口味。有可能是小餅乾跟傳統的西藏糌粑很接近的緣故，或者是她從來沒吃過巧克力的關係。

透過葛爾千的翻譯，他們向養牛的兩個男人打聽格仲康峰的情況，但只要提到格仲康這三個字，男人們就會說著：「好可怕，好可怕。」

隔天早上八點，大家起床整理裝備，養牛人則是去找回放牧的犛牛，有一頭牛不見了蹤影，跑到下游的草地上去，又花了不少時間把牠帶回來。

由於少了兩頭犛牛，有些犛牛得背上過重的行李。此時犛牛便會時而耍脾氣不聽話，把行李給甩下來，因此又花掉不少時間，等到能出發時都已經過了中午。

途中，不時會遇見人們放牧家畜而踩踏出的平整道路，不過最後只會剩下佈滿岩石的河岸。走在岩石的隙縫之間，犛牛只要碰上不好的路況，就會變成懶蟲，動也不動。只要犛牛「拋錨」，大家就得把擋路的石頭搬開，偶爾山野井和妙子還得當探子，找出犛牛可以走的路，再把大家叫過來。

再過了一天早上，又有一頭犛牛走失。

男人們再度出去尋找犛牛，時間也慢慢流逝。葛爾千說反正他們中午才會回來，便自己一個人先去找適合紮營的地方。

果然正如葛爾千所說，犛牛為了吃草逕往下游走了相當遠的距離，等養牛人把犛牛帶回來，又是中午以後的事了。那時葛爾千已經回到營地，準備飯菜給大家吃，這一天又折騰到快三點才出發。

過了一個半小時，一行人來到了葛爾千找好的營地。這裡的海拔約五千五百公尺，但是離格仲康峰還遠的很，離正面的北壁遠，離它左手邊的東北壁更遠。想要走到東北壁的登山口，最快也要一天。如果要從那裡開始攀登，就必須在山腳休息兩天。

「這個地方用來攻頂實在太不利了。」

山野井心中這麼想，但是也只能在那裡設基地營。因為再往前走，犛牛就上不去了。從定日出發的第六天，沿著格仲康冰河開始行進的第三天，終於設置了攻頂基地營。

養牛人把行李從犛牛身上卸下之後，馬上便折返了。但是那條老狗依然留在原地。山野井和妙子心中感到莫名的開心，便把這條老狗取名為「來福」。

第三章　屬於他們的山

一九九四年，山野井和妙子挑戰八二〇一公尺的卓奧友峰，這一趟可說是兩人登山人生中的一面勳章。

1

山野井和妙子從小就喜歡動物。

妙子喜歡動物喜歡到大學志願填的是生物學系，卻因為某國立大學的生物系落榜，只好放棄了。現在的妙子，因為經常往來海內外的高山與攀岩場，也沒辦法養小動物。不過她心想，哪天等她爬不動了，一定要養一屋子的狗和貓。

山野井則是從小就喜歡各種生物，尤其喜歡昆蟲，這個喜好直到現在依然沒有改變。到底有多喜歡呢？舉個例子吧。山野井和妙子有一個生死關頭的約定。如果其中一方先死，不要為那個人立墓碑，只要在後院種一棵對方喜歡的樹就好。山野井希望自己的樹是橡樹，理由是橡樹會吸引很多獨角仙和甲蟲。

雖然山野井喜歡昆蟲，但不代表他小時候是個怪胎。家裡有父母，和大他四歲的姊姊，他本身是個沒什麼特別的小孩，小學生活也非常平凡。

父親是在報社印刷部門工作的上班族，後來擔任工會所屬的書記長，並沒有對山野井進行特別的教育。當初一家人住在東京小金井的公家住宅，在山野井四歲時，搬到了千葉市郊外的新屋。山野井的母親覺得這個孩子看起來有點瘦弱，所以讓他學了游泳和劍道。

當山野井和朋友一起練習時，雖然玩在一起，看起來總是心不在焉。當時年紀太小，找不出適當的形容詞，而現在回想起來，似乎是覺得不滿足吧。

「大家做這些事情，真的感到開心嗎？」

山野井唯一與其他人明顯不同之處，就是對危險特別有感覺。

他常常從高處往下跳，或是讓整個人懸在半空中。山野井這麼做，並不是想讓朋友驚訝，只是單純覺得從那裡跳下來的感覺一定很讚。

不僅僅是高的地方而已。

日本的JR以前是國營鐵路公司，偶爾會有長長的貨運列車緩緩駛過。山野井在平交道看著車廂一節一節經過，慢慢發現到一件事。他想如果自己穿過平交道柵欄，抓準時機，快速穿過車輪與車輪之間的空隙，就能衝到平交道的另一邊去。但是這實在太危險了，危險到讓年幼的山野井猶豫不已。明明知道自己一定能夠衝到平交道對面，為什麼卻不敢去做呢？明明只要去做，只要成功，就可以得到滿足，為什麼就是不敢放手去做？是自己缺乏勇氣嗎？

心中充滿複雜情緒的山野井，某天因為一部影片，讓他奇特的熱情有了明確的發揮方向。那是山野井小學五年級，十一歲的事情。他在電視上看到一部不可思議的影片。

電視上有兩個男人身上繫綁著繩索，在垂直岩壁上往頂峰邁進。後來兩人起了爭執，結果都掛在半空中。最後年老的男性為了救年輕的男性，自己切斷了繩索，墜入雪白的冰河中……。

那部片子是雅克・埃爾托（Jacques Ertaud）導演所拍攝的法國影片《白朗峰悲歌》。影片中，男人攀登垂直岩壁的身影鮮明地映入山野井的眼簾。

就是這個！山野井心想。他一直想做的就是這個。年幼的山野井無法壓抑內心的衝動，一邊攀爬附近的石牆，一邊下定「要去爬山」的念頭。

在往後的不久，山野井的舅舅幫他實現了這個夢想。舅舅原本在準備司法考試，某天決定要帶十一歲的外甥去走南阿爾卑斯山的北岳。那是在山頂小屋度過兩天一夜的登山之旅，十一歲的山野井走在登山道上毫無倦容，十分開心，一旁的大人看了都忍不住稱讚他。雖然感覺不賴，但是山野井總覺得隱隱然還有什麼不滿足的地方。

「這不是電視上的懸崖啊！」不過，後來山野井與舅舅一起住在東京世田谷的寺廟書房中，也常常一起去登山。

山野井喜歡舅舅住的房間。舅舅會煮飯、烤鮭魚，然後端到山野井面前說「吃吧。」吃完便叫他「把碗洗好。」山野井喜歡這樣被當成大人對待的感覺。

幸運的是，舅舅是少數保有童心的人。例如登山碰上彎道，他會對山野井說：「如果你想直直走，不用沿著登山道也沒關係。」

又或者下雨時，舅舅會一邊脫雨衣一邊說：

「淋雨的感覺很不錯喔。」

舅舅讓山野井了解到一件事情，那就是他可以自己決定怎麼享受登山的樂趣。

後來山野井還會帶朋友一起登山，舅舅曾對長大的山野井這麼說：

「你和其他孩子不一樣，我沒看過你因為登山而感到痛苦過。」

確實，只要是爬山，山野井一定樂在其中，從來沒有感到不開心。

無論在家或是上學，他滿腦子都是登山。從早到晚想的都是山的事情。他開始上圖書館找有關山的書來看。當他在看兒童登山入門書的時候，有個章節寫到：「目前仍沒有人能夠不用氧氣鋼瓶登上聖母峰頂。」小山野井覺得奇怪，為什麼沒人想去挑戰呢？沒有人做過，去做不就好了嗎？所以他小學畢業的作文寫到將來的夢想，就是「不用氧氣鋼瓶登上聖母峰頂」。

上了國中之後，他便不再跟舅舅或朋友一起健行，而是開始了獨自攀岩之路。他再也無法壓抑想攀登垂直岩壁的衝動。但當時無人教他怎麼攀岩。山野井既不知如何用攀登繩，也沒有錢去買頭盔或登山工具。他只是到附近工地要了簡單的裝備，就跑到奧武藏的日和田山去，連攀登繩也沒綁，就有樣學樣地開始攀起岩壁來了。這叫做「徒手單人攀岩」，是登山攀岩活動中最危險的一種，但是對山野井來說，卻是他唯一的登山方法。

國中三年級的山野井，隻身前往攀爬千葉的鋸山時，從高達十公尺的地方狠狠摔下。因為登山道不通，他被反彈到崖邊的岩石上，卻遇上岩石崩落，只好抱著石塊一起摔到更深處。當時他的背重重摔在地上，胸口又被石塊壓住，連氣都喘不過來。這時才知道，原來無法呼吸是這麼痛苦的事情，幸好過一陣子氣通了，山野井發現自己撿回了一條命。

即使山野井沒有為考高中好好念書，父親也沒說過什麼重話。但看到山野井渾身是血的回到家時，第一次忍不住破口大罵：

「這麼危險的事以後別再做了！」

沒想到，山野井立刻回嘴：

「我要繼續爬！」

兩人的爭吵非常激烈，山野井甚至去廚房拿了菜刀出來，頂在自己的肚皮上大叫：

「如果不讓我爬山，我現在就死給你看！」

父親看到山野井的舉動，也回了一句：

「你刺看看啊。我在這裡看著。」

山野井還真的刺了一點點進去，不過因太痛了只好罷手。

後來母親介入，才把場面平息下來。過了不久，父親提出了妥協的方案，對於登山，山野井泰史的危險在於無知又單獨行動，如果肯加入登山俱樂部好好學習，就讓他繼續登山。

山野井好開心，開始瘋狂打電話給登山雜誌上的每一個登山俱樂部，可惜沒有俱樂部肯收國中生會員。不管怎麼打電話，都一再被拒絕。山野井的父親看到兒子這麼投入，終於明白「原來我兒子這麼喜歡登山」，於是默默的做起心理準備。皇天不負苦心人，他終於找到一個可以加入的登山社團，但附加條件就是發生意外社團不負責，並且在第一次參加時要有監護人隨行，簽下同意書。所以山野井就與父親到東京御茶水的咖啡廳，參加了社團的例行聚會。

在參加聚會的幾天前，山野井每天都會跑到自家陽臺上，想把自己的臉曬黑一點。當時年幼的山野井認為，登山家一定要曬得黑黑的，為了不被大人瞧不起，所以要把天生白晰的皮膚給曬黑。

總之，山野井的登山人生就這麼開始了。他並沒有從這個社團學到什麼登山技巧。反正社團成員也不理會一個國中生，山野井只要能全力投入登山就心滿意足了。

後來山野井便熱衷於攀岩。只要是爬山，他什麼都喜歡，只要能在空間中自由移動攀爬，他就無比地開心。

當時日本的攀岩活動未成一格，後來才慢慢分成在斜坡攀岩場單純享受攀岩樂趣的自由攀岩，以及到山上挑戰攻頂而攀岩的阿爾卑斯攀岩兩種。

上了高中之後，山野井主要都在玩阿爾卑斯攀岩。有時候跟社團前輩，有時候找高中同學，不過大部分時間他都是獨自去爬以谷川岳為中心的穗高、劔岳等困難路徑。登山費用是靠送報紙賺取，完全不麻煩父母。

週末則是去挑戰生死交關的危險攀登。即使在學校上課，總是在發呆想著登山的事。

——下星期，我還能活著坐在這裡嗎……？

十七歲時，他爬過的路線被寫在登山雜誌的「短篇專欄」裡。

後來他的興趣便從阿爾卑斯攀岩轉到了自由攀岩。轉變的理由，是第一次在伊豆城之崎海岸自由攀岩之後，就愛上這種感覺了。自由攀岩需要更高度的攀登技術，所以更為有趣。

自由攀岩的第一步，就是從岩壁上找出可攀登的路徑。找出可以手抓或腳踩的岩點（hold），或是利用岩壁上的裂隙（crack），思考身體的移動方式（move），慢慢攀上岩壁。當然，為了避免從高處摔落，要打上釘子綁攀登繩，來保障生命安全。但是這些工具的目的只是保障安全，真正攀登時是不會用到這些工具的。自由攀岩和阿爾卑斯攀岩不同，攀登時基本上只能使用手腳而已。

只要用這種方法攀上頂端，就是開創了一條新路線，攀登者有權利為這條路線命名。

山野井就曾經在城之崎海岸爬出了「Scorpion」、「Big Mountain Direct」、「Marionette」等路線。

最後，山野井的目標朝向追求極致的自由攀岩技術。為了這個目標，他一定要去一趟自由攀岩的聖地，也就是美國的優勝美地國家公園（Yosemite National Park）。

山野井除了送報紙之外，還在成田機場做裝潢打工存錢，高中一畢業隨即飛往美國。至於大學升學與否，根本沒考慮過。

當時，全美國的年輕登山愛好者（Climbing Bum）瘋狂湧入優勝美地。Bum在英文裡有「流浪漢、放浪者」的意思。Climbing Bum指的就是靠打工存錢，然後爬山爬到錢用完為止的一群人。山野井也選擇了Climbing Bum的生活。

山野井在優勝美地和科羅拉多之間活動，每天都在自由攀岩。錢用完了就回日本打工，隔年再回到優勝美地。山野井只有一個目標，就是克服最困難的自由攀岩路線，可惜沒多久因為意外骨折，經過長期療養之後便回到日本。但是山野井並沒有放棄，又開始打工存錢，於二十一歲那年第三次前往美國。

當時他有一個從專校休學的少年同伴，兩人一起離開日本。最後他終於征服了當時最高難度的路徑「Cosmic Debris」。但沒想到，另外一名才十七歲的少年卻輕鬆爬上了這條

「Cosmic Debris」。這名少年叫平山裕示，是後來登上日本自由攀岩界頂點的天才，他給山野井帶來不小的震撼。在某方面來說，平山讓他知道有人的天賦遠超過自己。

但是這件事情並沒有擊退山野井，反而讓他往更寬廣的世界邁進。他不再以短路徑磨練技巧，反而開始攀登更高的高度。

後來身上的錢用完了，山野井索性不回日本，隻身前往洛杉磯，在中華餐廳非法打工。有一段期間，為了節省住宿費他還睡在報廢車裡，過著和流浪漢沒兩樣的生活。等到存夠錢了，又回優勝美地，獨自征服了大岩壁El Capitan上的長程路徑「Lurking Fear」。

征服這條路徑之後，他來到歐洲挑戰阿爾卑斯山脈。山野井先來到格林德瓦鎮（Grindelwald），準備在冬天挑戰艾格峰北壁最困難的路線。因為十七歲的少年平山裕示曾經對他說過一段話，至今還留在山野井心中：

「山野井先生，我們應該更勇敢地向世界挑戰才對吧？」

但是就在挑戰艾格峰北壁之前，他先爬了德魯峰（Dru）大岩壁的西壁。雖然這是首次有人獨自登頂，但連他自己都覺得「為什麼大老遠跑來歐洲，還在爬大岩壁呢？」年輕的山野井還是會在意他人目光。聚集在霞慕尼（Chamonix）的日本登山家，都聽過征服了El Capitan上「Lurking Fear」的山野井，因此他不能為了攀登冬季阿爾卑斯山而以其他小山來暖身。他一定要一口氣征服德魯峰那樣的岩壁，再慢慢完成他的目標。後來，他的興趣又轉移到南美洲的巴塔哥尼亞山脈。他在希臘雅典的飯店打雜賺錢，好不容易到了南美洲，錢卻被人偷走，只好返回日本。當時距他離開日本時，已經有一年半之久了。

山野井回到日本之後，便搬出父母的家獨自生活。他租了小公寓，過著打零工的生活，只要有閒錢就全都拿去登山。他的房間裡面沒有棉被，只有登山用的睡袋。山野井喜歡這種孑然一身，帶著登山裝備四處流浪的放浪生活。

山野井的下一個目標，就是北極圈巴芬島的索爾山西壁。他花了七天，一個人攀在有如冰一般的山壁上，成功攻頂之後，接著又想挑戰冬季單獨攀登巴塔哥尼亞山脈的菲茨羅伊峰。第一年南美洲的狂風吹退了山野井，但第二年依然被他征服。最後，他便把目標放在喜馬拉雅山脈上了。

2

妙子在嫁給山野井之前姓長尾，出生在滋賀縣琵琶湖畔的農家。家裡有父母、小她兩歲的弟弟，還有奶奶，一共五人。

妙子從小就喜歡高的地方，小時候，常常和好朋友爬到小學校園的樹上，坐在枝幹之間聊天。

當時學校和家裡的距離不算短，每天放學四處閒逛的妙子，總要花上一小時才能回到家。她喜歡在小河的堤防邊吃樹果，或是一邊吸草汁一邊散步。

妙子並不太用功，但學校成績還不錯，在班上被選為班長。不過她並不喜歡在眾人眼光下做事，所以感到相當痛苦。國中時擅長的科目是數理。歷史課老是睡覺，但是生物課就神采奕奕。雖然體育分數不是很高，但她很喜歡活動身體。

妙子的學校生活算平穩，但是家庭卻有個問題。她的父親很不擅長處理人際關係。父親不喜歡和農村的鄰居交往，在家裡跟家人也格格不入，經常酗酒、砸東西、破壞家庭氣氛。當妙子長大一些之後，有時候會覺得父親當初不應該結婚，一個人在山裡做木炭就好了。

妙子小時候很怕父親，希望能趕快長大離家，獨自生活。當時她唯一的依靠就是奶奶了。只要父親發飆，她就會躲去奶奶身邊。

每天放學之後，妙子就去找奶奶。由於母親要下田耕種，奶奶便包下其他所有家事，妙子有空就會去幫忙。用爐灶炊飯、採山菜烹煮、衣物的縫補、把棉被打鬆的方法，妙子在不知不覺中學會了這些技能。所以學校家政課教的東西，妙子早已駕輕就熟了。

妙子就讀的是升學高中，但是她完全沒有念書的意願，成績越來越差。

不過為了活動筋骨，她參加學校的籃球隊。雖然認真參加練習，但妙子並不覺得打籃球適合自己。因為她不喜歡爭執，也不喜歡戰鬥。不要說從對方球員身上搶球，就連跟對方球員卡位也讓她煩惱。妙子天生不適合團體競技。但她並沒有放棄籃球隊的活動，因為她也討厭做事半途而廢。

巧的是，高中參加籃球隊剛好培養了妙子成為女性登山家的優越體力。原本妙子的身體就比同齡的女孩強壯，認真的訓練更讓她有了足夠的肌肉。

妙子的第一次登山，是高中三年級爬高地。從小和妙子一起爬樹的好朋友加入了其他高中的登山社，才找她一起去爬。

第二次也是與朋友同行。這次是中央阿爾卑斯山。她的朋友考上名古屋的大學，妙子卻名落孫山，在汽車販賣公司工作存學費。

當時是十一月初，中央阿爾卑斯山上已經積了一層薄雪，他們並沒帶帳棚，只有帶睡袋就輕裝出發了。結果登山第一天走不到山中小屋，只好在樹叢裡包著睡袋過夜。第二天晚上是住在無人的山中小屋，但是因沒有帶燃料，所以花了很多時間生火；直到第三晚，終於找到有人經營的山中小屋。當時其他登山客都走了，妙子和朋友對經營小屋的老夫妻敘述自己的行程，結果老夫妻笑著說：

「妳們沒被熊吃掉，運氣真好啊。」

對妙子來說，這趟登山行的一切所見所聞新鮮有趣。登山和打籃球不一樣，可以單純享受活動身體的樂趣，不需要與別人爭搶，只要照自己的步調走即可。而且還可以置身自己最喜歡的大自然之中，她從來沒想過世界上有這麼愉快的活動。

後來她考上日本大學的文理學院物理系，便馬上加入登山社。

原本這個登山社的主要活動只是上山健行，有一次，朋友找她去鷹取山攀岩，妙子感受到攀岩的魅力，便立刻加入了社會人士的登山協會。

從此，妙子就過著有時打工，有時攀岩，有時上課的生活。謹慎能幹的妙子，無論去哪裡打工都很受重用。在中目黑的小酒館打工時，老闆娘借給她一間房間使用，在池袋的成人書局甚至還領過獎金。

大三時妙子決定爬一輩子的山，索性不找一般工作了。因為進了普通公司，就不能到國外爬上幾個月的山。所以她連教育學分都沒修。

妙子的母親是典型的農村女性，世人的看法就是她的人生基準。所以妙子的做法在她眼中，無異是違背世俗，自我中心。當時妙子並不知道Climbing Bum這個名詞，但是她的人生志向卻已經定在這上面。

大學四年級的夏天，妙子到了歐洲的霞慕尼，登上白朗峰。隔年大學畢業，她也是靠打工存錢跑去歐洲阿爾卑斯山脈，再過一年更是從德納利峰（Denali）前往阿爾卑斯山。就是在這一年，她花了從夏天到冬天的大半年時間，漂亮地首次征服了大喬拉斯峰北壁的沃克側稜。

後來，名古屋高山研究所的負責人看上妙子，邀請她參加一項專案，目的是培養出「以無氧氣鋼瓶阿爾卑斯風格，登上喜馬拉雅山脈八千公尺高峰的登山家」。這種訓練有點像白老鼠的感覺。參加計畫的人可以分配到房間，領到薪水，然後每天鍛鍊自己。跑步、游泳、踩腳踏車，做什麼都行。這也讓妙子獲得了遠超過一般女性的體力。

妙子有一張圓臉，又總是留著西瓜皮式的髮型，給人的感覺就像是長大後的金太郎（日本童話人物）。但在登山同好中，倒是不時有人會向這個女金太郎求婚呢。

登山同好給妙子起了個「輕浮女人」的外號。意思並不是說她的個性輕浮，而是說她的身體非常輕快，好像要浮起來了一樣。一般人登山，都會因為疲勞和高度的影響而顯得動作遲緩，但是妙子不一樣，在別人拜託她拿東西之前，她輕快的腳步就已經把東西送過來了，真是反應機靈。而且她處理事務的能力又強，煮飯家事樣樣行，自然要被登山男性同好當成期望中的賢妻良母了。

但是妙子拒絕了所有人的求婚。理由很簡單，大家都是好人，卻都不是她心中那個「對的人」。

後來，妙子因實在無法爬上喜馬拉雅的八千公尺高峰，便退出高山研究所。但是她對挑戰高達八一二五公尺的南迦帕巴峰兩次皆失敗仍然心有不甘，總希望有一天能夠攀上八千公尺的高峰。

3

山野井和妙子是在一九九〇年認識的。當時，山野井參加預計在一九九一年進行的布羅德峰遠征計畫，初次認識了妙子。

為兩人牽線的是小西浩文。當山野井從菲茨羅伊峰回來之後，眼光便投向喜馬拉雅的高峰。對他來說，攀登七八千公尺的高峰，簡直就是一個未知的新世界。在收集資訊的過程中，山野井得知有一個主辦東京山岳聯盟的高峰登山研究會，便前往出席。他在那裡認識到負責招待他的小西，並被邀請擔任布羅德峰遠征隊的副隊長。當時妙子就是遠征隊的正規隊員。

為了增加攀爬喜馬拉雅山脈的經驗，山野井決定參加布羅德峰遠征隊，也因此常常到高田馬場的咖啡館，參加隊員的定期聚會。

遠征隊的定期聚會，是山野井和妙子相遇的契機，不過妙子早在這之前就已經知道山野井了。妙子曾經出席過高峰登山研究會，當時她的女性山友指著一個眼睛像小鹿，身材瘦削的年輕人對她說：

「我看下次死在山上的就是他了。」

當時，單人登山的登山家一個接一個意外死去。妙子不太看登山雜誌，不過她知道這個年輕人是獨自登上索爾山和菲茨羅伊峰的名人。他，就是山野井。

妙子當時擔任遠征隊的出納，只要有新隊員加入，她就要重寫申請書，重新編排預算，相當麻煩。所以山野井申請加入時，妙子並沒有表示出什麼善意。

恰巧當天晚上，小西和山野井來到了妙子的租屋處。小西吃完妙子做的飯便倒頭大睡，留下山野井和妙子兩人繼續聊天。

山野井說了不少從小就喜歡的昆蟲話題。

幼稚園的時候，所有園童一起養了獨角仙。但山野井非常想占為己有，所以有一天他把獨角仙放進口袋想帶牠回家。結果一個小朋友發現了，質問他是不是把獨角仙藏在口袋裡。山野井雖然搖頭否認，但是獨角仙卻在口袋裡動個不停。當時獨角仙的蠢動，以及被朋友質問的尷尬心情，到現在還印象深刻。

妙子靜靜聽著山野井的故事。只要是和生物有關的事，什麼話題她都喜歡。

於是不知不覺中，兩個人就成了遠征隊裡的一對。

或許也是因為兩人對登山的想法很接近吧，除了登山之外，他們幾乎別無所求；不要錢，也不要名。只要能爬上好山就夠了，妙子尤其堅持這一點。

山野井在山友間聽到不少有關妙子的傳聞。例如攀登大喬拉斯峰沃克側稜的時候，大家的目光都聚集在妙子的隊友笠松美和子身上，其實，妙子才真正技高一籌。不過只要提到這件事，她本人總是漠不在乎。這些小細節，都讓山野井相當敬佩。

而妙子真正吸引山野井的地方，是她的溫柔。妙子隱約知道山野井對她有好感，但山野井喜歡的並不是對自己溫柔的妙子，而是對其他所有人都溫柔的妙子。

在前往喀喇崑崙攀登海拔八〇四七公尺的布羅德峰的過程中，兩人經常一起行動。他們還曾經判斷眼前的路線可行，等兩個人過了河到達時，卻被其他團員責備太不合群呢。

在基地營的時候，他們經常聊起歐洲的阿爾卑斯山。山野井想和妙子一起登上艾格峰那樣的高峰。對山野井來說，想和妙子一起登山，就等於愛上妙子的意思。

妙子當下也覺得「就是他了」。雖然她總是靜靜聽山野井說個不停，但她就是覺得跟這個人很談得來。

結果，布羅德峰遠征隊雖然沒有用上氧氣鋼瓶，卻使用極地法攻頂。最後極地法還是成功了，包含山野井和妙子在內，一共有五個人成功站上了布羅德峰的頂點。

後來發生的一場意外，讓兩人更加親近。因為兩個人同時在不同的地方受了重傷。

征服布羅德峰之後，妙子便隻身從喀喇崑崙前往尼泊爾方面的喜馬拉雅山脈，與其他隊員一同挑戰八四六三公尺的馬卡魯峰。雖然沒靠氧氣鋼瓶就成功攻頂，但是在下山的時候，不得不在八千一百公尺附近做高難度的宿營，結果受到嚴重的凍傷。她的十隻手指從第二指節以下全部切除，腳趾剩下兩隻，連鼻頭也沒有了。後來，鼻子藉著移植手術，恢復了一部分。

手術很花時間，首先醫師在前額髮線上切開一道縫，在縫裡面放進一顆小氣球，然後縫合起來。接著慢慢灌進空氣，讓氣球膨脹。總共要花上好幾個星期，讓活著的皮膚慢慢生長出來。

等到某一天，額頭裡面可以放下一罐牛奶玻璃瓶的時候，就把額頭皮膚切開，拿掉氣球，把生長出來的皮翻面，再將內側貼在鼻子上。接著醫師會確認額頭皮膚內側有沒有貼著鼻頭的皮膚，確認之後，再從眉頭頭皮翻轉的部分將皮膚切斷。

經過如此漫長的手續，妙子總算找回一部分失去的鼻頭。不過，也只是一部分而已。而自從妙子回日本住院以來，山野井就經常去探望她。

山野井完全不在乎妙子失去手指和鼻子，甚至還對她提到自己打算征服迦舒布魯四號峰，希望請妙子來擔任基地營的管理人呢。

不過從那天起，山野井就突然消失了蹤影。當妙子還摸不清頭緒時，有個來探病的朋友對她說了一件事。原來山野井在富士山當運補員的時候被落石擊中，結果左腳骨折了。

位於富士山頂的日本氣象廳天氣觀測所，夏天可以用曳引機運送補給品上山，冬天因積雪過深，只能靠人力補給。這時候必須找扛東西上山的專家，也就是運補員（類似高山嚮導）來幫忙了。當有人委託山野井做這份工作時，他非常高興，因為這份工作的收入相當優渥，而且還可以當做登山的訓練。雖然第一年就被落石砸成重傷，但後來山野井還是在富士山當了十年以上的運補員。

山野井是在從山頂下山的途中突然跌倒。他還不清楚怎麼回事，往下一看，有塊大石頭正滾下山來。他心想，原來是被落石擊中了啊。山野井想起身，卻發現站不起來，於是他看看自己的左腳，原來腳尖和腳跟前後互換了。

這次換成妙子去探望山野井了。

不出半年，兩人就生活在一起了。

4

山野井和妙子開始同居的地方，是在奧多摩的一間破爛平房。為什麼要選奧多摩呢？

因為他們覺得既然要租房子，就租一間附近有場地可以攀岩的房子。

他們偶然找到的這間老房子，是在奧多摩車站往奧多摩湖方向前進，位在途中一條沿著溪流往下走的小岔路上。房子周圍還有幾戶民家，還不到村落的規模。原本租金是三萬日圓，後來殺價成兩萬五千日圓。

傷勢痊癒之後，兩個人就在這間老房子裡開始他們的新生活。

家具幾乎都是從親朋好友那邊拿來，或是便宜買來用的。為了去搭電車，以及到附近的攀岩場攀岩，他們有一輛車，也是朋友免費送給他們的破爛老爺車。

不僅如此，這兩個人的生活可說是貧乏又節省。

僅有的收入是山野井冬天到富士山幫忙運補，還有妙子到御嶽山旅館打工的薪水。過了一陣子，登山用具廠商和他們簽下沒什麼附帶義務的贊助契約，所以器材的負擔輕鬆不少。對妙子來說，不管身上有多少錢，她都有辦法活下去。

房子位在山谷之中，每到冬季，白天只有兩三個小時照得到陽光，洗衣服就相當辛苦，因為要忙著把洗好的衣服不斷搬到有陽光的地方，這樣衣服才曬得乾。等洗好衣服，妙子就會跟鄰居的老婆婆一起搬著衣服東奔西跑。

房子周圍是一大片樹林，蟲鳥動物可說是整天絡繹不絕拜訪他們。兩個人都喜歡這樣的環境，偶爾蟲子跑進房裡，他們既不驅趕，也不撲殺。所以房子裡到處都是昆蟲。甚至還有狼蛛這麼大的蜘蛛沿著固定路線散步呢。狼蛛爬在紙門上，會發出沙沙的聲音，一聽到沙沙聲就知道牠又出來運動了。

在奧多摩過著如此生活的一對男女，似乎讓附近的老人很感興趣。從山裡回來要把登山繩曬乾的時候，老人家就會問這繩子是有什麼用途。等到大家都熟識了，山野井會把不用的登山繩送給老人家，讓他們拿去捆木柴，可是反而被他們嫌棄，說有彈性的繩子不好用。但是老人們還是會把自家種的蔬菜拿來分送給他們。

在和妙子同居之前，山野井其實有些不安。和妙子在一起是很快樂，也希望一輩子都跟她在一起。但是有了伴侶之後，會不會影響登山家的活動呢？

以前去爬冬天的谷川岳，只要把租來的公寓整理乾淨，該處理的事情處理完，搭上電車就出發了。每週都可能死在山上的人，如果家裡有個放心不下的人，會怎樣呢？這個人會讓自己擔心，也會擔心自己。如果有了這樣的伴侶，會不會在攀登山壁的時候，不敢踏出關鍵的那一步？

的確，兩人剛開始同居的時候，山野井就有這樣的感覺：一邊登山一邊想起妙子。他不喜歡這樣的自己。

另一方面，當妙子出門登山，山野井也一樣會擔心。有一次，妙子和小西一起去攀登鹿島槍山的北壁。當時山野井從別的路線攻頂成功，直接下山，但是另外兩人卻在途中宿營。隔天妙子兩人回到基地營，山野井還很生氣地說：「怎麼這麼慢！」小西趕忙道歉：「想紮營休息的是我。」其實，山野井氣的是自己竟然有了要擔心的對象。

沒錯，只要兩個人一起生活，就會擔心對方，也被對方擔心著。但事實上，同居之後的山野井反而更專注於登山，甚至比以前還要深入。因為妙子對山野井產生了一種堤防般的作用。

原本山野井只要沒爬山或攀岩，就會去慢跑訓練身體，或是翻翻過期的登山雜誌，看著山岳照片發呆。晚上則對著沒什麼內容的電視節目傻笑，其他時候則腦袋裡想的都是下次要爬哪座山。

二十五、六歲之前的山野井，沉迷於這樣的生活。他拋棄了家人和朋友，或者說是被他們拋棄。只帶著登山裝備過生活，就能陶醉其中。但是和妙子同居之後，情況改變了。

妙子跟山野井在一起後，也比以前更專注於登山了。

本來妙子就有在考慮要怎樣過一個登山人生，她並不覺得結婚之後還有辦法繼續登山。不過跟山野井同居之後，妙子和山的關係就更密切了。如果沒跟山野井一起生活，雖然還不至於放棄登山，但是也不可能過著一年到頭都在爬山、攀岩、到海外攻頂的生活。

而且現在，妙子的攀登技巧明顯進步不少。甚至失去了手腳的十八隻指頭之後，反而奇蹟似的強化了攀登力量。因為跟著山野井去自由攀岩，攀岩技術等級自然大幅提升了。

妙子是日本的頂尖登山家，也是世界上數一數二的女性登山家。就算撇開性別不談，世界上也沒有幾個比她更好的登山家了。不過，只要提到登山，妙子絕對相信山野井的能力。所以在山上她完全聽山野井的指示。對妙子來說，聽從山野井的指示可以學到更多東西。對妙子而言，山野井是她的老師。

山野井對每件事情都很慎重。

每次要在岩壁上做出攀登點、支撐點，他一定會徹底確認打進去的岩釘是不是安全，才肯把身體移動過去。這是單人登山所養成的習慣。因為只要過程出個小差錯，就必死無疑。事實上，就有很多優秀的年輕單人登山家因此而命喪黃泉。

妙子只看過山野井在山上出過一次錯。

當時兩人偕同另一個朋友，三個人一起到日本南阿爾卑斯市的甲斐駒岳攀岩。

三個人還差五十公尺就能爬上懸崖，但是前面看起來就是無法繼續攀登的樣子，岩壁表面光滑，也沒有攀爬路徑。以前曾經爬過這一段的妙子對山野井說這沒辦法爬，勸他放棄，但是山野井卻堅持一定過得去，便一邊打岩釘一邊往上爬。當他準備好要爬最後一段懸岩（角度超過九十度的峭壁）時，卻因為身上裝備太多，不管怎麼動都會勾到東西。試了幾次，他明白自己已經無法繼續懸吊在岩壁上了。雙手充滿了乳酸，完全使不上力，連體重也無法支撐。山野井心想：「啊，我要掉下去了……」果不其然，岩釘一根一根脫落，他一段一段往下掉，還經過妙子身邊，總共摔落了九十公尺左右。最後還好妙子做好了安全措施，所以只受了一點輕傷。

兩人同居了四年之後決定結婚。理由很簡單，這樣繳稅比較省。

以往任由山野井自由生活的雙親，知道兩人結婚之後，覺得有些事情不得不做。畢竟同居還沒什麼，但是結婚了可不能不去拜訪親家。

因此，山野井的父母第一次從千葉的都賀來到兩人在奧多摩的家。

妙子很擔心山野井的父親會說些什麼。畢竟她比山野井大了九歲，而且她幾乎沒有完整的手指。要讓兒子討這種老婆，父親可是需要很大的勇氣的。沒想到山野井的父親一來到奧多摩的老房子，便馬上把妙子當成「媳婦」看待。

當天山野井的父母來訪，看到空盪盪的房間裡有剛做好的棉被。妙子說，因最近有很多人會來家裡過夜，所以才做了棉被。

當時山野井的父親心想，日本現在還有媳婦能夠親手做棉被的嗎？光是這一點，他就覺得這個媳婦太珍貴了。所以山野井的父母馬上去到妙子的老家，希望對方把女兒嫁給自己的兒子。

結果，反而是妙子的娘家比較在意年齡差距，尤其是天生愛操煩的母親。她很擔心女兒能不能跟小了九歲的女婿好好相處。

即使結了婚，妙子的母親還是擔心個沒完。因為這個做丈夫的沒有固定工作，又老是帶著女兒到山上出生入死……。

所以只要山野井不小心接到妙子母親打來的電話就一定挨罵，說他又要把女兒帶去爬危險的高山了。就算跟她說這是妙子本人的期望，丈母娘也聽不進去，只好含糊應付過去。

山野井也曾經順道拜訪妙子位於滋賀縣的娘家。當時他無事可做想去慢跑，岳母說大白天的別出門跑步；那去散步好了？岳母又叫他在家待著就好。因為農村裡面沒有人大白天就在慢跑散步的。而且乖乖等在家裡，還要聽岳母說教，叫他快去找份穩定的工作。

有一次，雜誌上刊登夫妻倆「樸素卻豐饒的奧多摩生活」的報導。出刊時送了幾本到妙子的娘家去。兩人希望把自己的生活近況告訴親友，免得大家擔心。他們以為這樣可以讓親友放心，但是妙子的母親卻覺得這麼丟臉的生活方式，根本不該給大家看。現在連日本鄉村都沒有人用灶煮飯了，這樣的生活怎麼可以給親朋好友看到？都會人可能覺得這叫做「樸素卻豐饒的生活」，但是對鄉下人來說，這只是「貧困生活」罷了。

不過山野井夫妻依然十分享受這種「貧困生活」。當然，如果生了孩子，可就不保證會愉快了。

山野井知道妙子喜歡小孩，但是他害怕生孩子。有了孩子，他就無法全心全意登山。這件事情因此一直耽擱下來，大他九歲的妙子便不知不覺中成了不適合生育的高齡產婦了。

5

山野井和妙子一起登上布羅德峰之後，累積了不少攀登喜馬拉雅高峰的經驗。

首先，攀登布羅德峰的經驗讓山野井了解到兩件事情。第一，他很適合攀登喜馬拉雅的高峰。第二，他不適合極地法那樣的集團登山。這兩項發現，讓他強烈希望以阿爾卑斯風格獨自登上喜馬拉雅的高峰。

山野井基本上就是個單人登山家。這一點，在登山隊為了攀登布羅德峰而全體前往白馬岳主稜訓練的時候，妙子就深深有這種感覺。當隊員走到積雪較深，需要鏟雪前進的地方，領頭的山野井卻突然趴了下來。趴下之後，體重會分散在四肢上，身體較不容易下沉，移動起來也比較快。但是這麼做卻無法幫到後面的隊員。領頭隊員要把雪踩實了，後面跟著走的隊員才能輕鬆行走。結果帶頭的山野井趴著前進，下一個也必須趴著前進，最後整個登山隊全都趴爬在雪地上了。經過這件事情，妙子再次體悟山野井確實是個單人風格的登山家。

登上布羅德峰之後，他們打算挑戰喜馬拉雅山脈中數一數二的高難度山壁，高達七九二五公尺的迦舒布魯四號峰東壁。但那時山野井剛好在富士山骨折，因此作罷。一九九二年，山野井挑中海拔僅六八一二公尺，卻筆直伸往天邊的阿瑪達布拉姆峰（Ama Dablam）西壁，結果在冬季單人攻頂成功。這是山野井首次在喜馬拉雅山脈的單人攻頂。

到了一九九三年，他終於能夠獨自挑戰迦舒布魯四號峰東壁。可惜，到了七千公尺左右，便因為天氣惡化不得不放棄。沒想到就在他折返之後，在高八〇三四公尺的迦舒布魯二號峰與妙子她們會合後，竟然輕鬆登頂，甚至還來回走兩趟。

一九九四年，山野井和妙子挑戰八二〇一公尺的卓奧友峰，這一趟可說是兩人登山生涯的一面勳章。山野井成為世界第四個以阿爾卑斯風格、自選路線登上八千公尺高峰的登山家；妙子則是寫下以阿爾卑斯風格、自選路線，純女性隊員登上八千公尺高峰的世界初次紀錄。這趟卓奧友峰之行並不單純是勳章，也是令他們感到滿足的攀登活動。

隔年，山野井、妙子和一個朋友，三人登上了淑女手指峰（Lady Finger），隔年的一九九六年，山野井終於計畫獨自挑戰八四六三公尺的馬卡魯峰西壁。

對山野井來說，這是他夢想中的「絕對高點」。

山野井曾經在小學畢業的作文裡寫到自己的夢想，那就是「不靠氧氣鋼瓶爬上聖母峰」。換句話說，就是要用最棒的方法登上最棒的山頂。如今聖母峰已經不再是最棒的山頂了，那麼馬卡魯峰西壁就是能與舊時代的聖母峰匹敵的最高山峰，絕對的高點。

不僅僅是山野井這麼想。馬卡魯峰的西壁對世界頂尖的登山家來說，是喜馬拉雅山脈中「最後的難題」。

馬卡魯峰西壁之所以能夠不斷擊退登山家，是因為在接近八千公尺時，有個超過九十度的懸岩，還有許多礙手礙腳的突出岩石，想要克服這一段極為困難。就算成功登頂，對耗盡精力的登山家來說，也沒有任何可輕鬆下山的路徑。一九八一年，波蘭的克提卡、亞捷．庫庫奇卡（Jerzy Kukuczka）和英國的艾利克斯．麥金泰爾（Alex MacIntyre），三位當時最強有力氣的登山家挑戰了馬卡魯峰西壁，結果在七千八百公尺左右就放棄了。從此，再也沒有人攀爬到馬卡魯峰西壁七千八百公尺以上的高度了。

山野井認為他有資格挑戰這道「最後的難題」，而且在世界上少數幾個有資格挑戰的人之中，他覺得自己的機會最高。

當時山野井做了一件從未做過的事。那就是答應電視台團隊與他一起去登山。他這麼做並不是為了獲得資金贊助，而是想看看自己如何登上最後的五百公尺的身影而已。山野井在登山之前，腦海中已經開始想像自己攀登時的身影了。但是想像與現實的差距，還是要靠拍攝的影像來確認才行。

山野井認為，如果把登山當成一項運動，那麼它基本上就與其他運動不同。其他運動可以將最刺激的部分展現給觀眾，但是登山最困難的核心部分卻是看不到的。登山家沒辦法將最美的瞬間展現給他人欣賞，那是即使利用鏡頭也無法捕捉的。

可惜兩次挑戰，山野井都沒有成功。第一次剛要攻頂，就因為預測天氣即將轉壞而撤退。沒多久，果然天氣如預測非常惡劣。三天後進行第二次挑戰，卻在七千三百公尺左右，頭部受到落石撞擊。還好有戴頭盔，傷勢還算輕微，但還是因此放棄了。

不過山野井心中明白失敗的真正理由，當他看見從山頂一路延伸下來的可怕山壁，便了解到他是不可能成功的。

是要徹底穩固繩索，背著幾十公斤的裝備攻頂？還是完全不用繩索，挑戰單人無裝備快速攻頂？想要爬上這面山壁，只能二選一。但是他兩個方法都辦不到。因為山野井沒有那樣的體力，也沒有那麼好的技術。他終於明白，馬卡魯峰西壁不是一個人能夠爬上去的。

當山野井發現世界上有自己無法攀登的山壁，而且也克服不了一直想克服的「絕對高點」，確實讓他大受打擊。

山野井心中有著一個理想的登山家形象。從前，山野井在《最棒的登山》這本短篇集中，寫了一篇「理想的北壁」。他認為只有「理想的登山家」才能夠登上「理想的北壁」，而且他也慢慢接近這個理想的形象。但是這次的失敗，讓他明白這一切只是個幻覺。

山野井失去了方向，前途一片迷濛。

一九九七年秋天，山野井又獨自去挑戰喜馬拉雅山脈中以高難度聞名的高黎香卡峰（Gaurishankar，海拔七一三四公尺）東壁，結果還是失敗了。隔年春天，他倒是在六三六七公尺的康格魯山（Kusum Kanguru）東壁，成功寫下了初次登頂的紀錄。無裝備單人連續攀登三十三小時，沒有睡眠，成功登頂，是相當亮眼的成績。可惜當年秋天山野井和妙子挑戰馬納斯盧峰西北壁卻碰上了雪崩，無功而返。結果他又不知道該爬哪座山了。

就是卡在這個困境，他才會接受歐特克．克提卡的邀請。

克提卡和山野井長達三年的登山之旅，讓山野井學到不少東西。山野井更是深刻體會到克提卡的高尚人格。克提卡是個行事風格穩健堅定的成熟男人，也是個以老子道家思想來談爬山的哲學家。

他已經結婚，也有小孩，在波蘭的生活算是相對富裕。打從年輕開始，他對登山的熱情從未減少過。山野井曾經看過克提卡注視著某張山壁照片的模樣，他眼中的熱情連山野井都自嘆弗如。任何人看到這樣的克提卡，都會知道他有多想爬山。

在跟著克提卡爬山的過程中，山野井也對他產生過疑問。雖然他非常敬重克提卡，但是從第二年開始，山野井慢慢地感受到兩人在攀登風格上的差異。

主要的差異在於克提卡為了適應高度，會爬到目標山壁的途中就折返，或是在該處預先儲放物資。山野井認為這些動作從單純的阿爾卑斯風格來看，是有些爭議的。他知道這樣謹慎的攻頂，可以遠離死亡，平安回家；但是山野井覺得可以更大膽地往前挑戰。或許克提卡的裝備太重，讓他無法過度冒險。凡事小心謹慎，攜帶各種可能用到的裝備，當然就不能快速行動了。

山野井心中隱約有個想法，K2東壁也好、拉托克一號峰北壁也好，如果只有自己一人挑戰，是不是會更順利呢？山野井和克提卡的最大差別，或許就是對攀登的核心認知不同，他們一個想單挑，另一個則希望組成小隊。雖然克提卡會跟意氣相投的少數優秀登山家組隊登山，但是絕對不會獨自攻頂。

所以當山野井後來要挑戰格仲康峰的時候，心中稍微鬆了一口氣：這次終於可以自己爬山了，而且格仲康峰是一座難得他想獨自征服的山峰。

第四章　偉大的牆

格仲康峰北壁不是簡單的山壁。即使世界知名的斯洛維尼亞登山隊，都曾敗在它手下。北壁就是必須互助才能克服的頂峰，一道偉大的牆。

1

葛爾千選來作為攀登格仲康峰時設置基地營的地方，可以輕鬆搭起三四個帳棚，附近還有清澈的小溪，是個地勢平坦之處。

三人首先搭起煮飯用的深藍色廚房帳棚，旁邊則是山野井和妙子的淺藍帳棚，以及葛爾千的紅色帳棚。

聽說這裡也是斯洛維尼亞登山隊或美國登山隊挑戰格仲康峰時，用來作為基地營的地方。從該處留下的空罐和垃圾來看，應該是美國登山隊的基地營。再往上另一個台地，飄揚著隨登山隊一同前來的雪巴人插上的經幡，即使顏色已經褪去，依然迎風飄揚。

經幡（也叫五色旗、天馬旗）是西藏人誠心製作的一種宗教旗幟，在黃、紅、藍、綠、白五種顏色的布片上寫有經文。黃色代表地，紅色代表火，藍色代表水，綠色代表風，白色代表天。也就是說，這五種顏色代表構成世界的五種元素。葛爾千為山野井夫婦的基地營挑了好日子，在基地營搭起來的兩天後插上了經幡。他甚至自掏腰包買來類似杉樹的針葉樹枝，燃起一縷清煙，祈求兩人登山平安。

雖然葛爾千在烹飪上沒有什麼特別的天賦，但是他的好脾氣與誠懇，卻是難得一見。山野井常常覺得他貼心的程度，簡直就像日本人一樣。

而且葛爾千經常隨著日本登山隊工作，已經相當了解日本人對食物的喜好。當然，葛爾千四年前和山野井一同去過馬納斯盧峰，就算不用交代，也知道夫妻倆喜歡吃什麼。

兩人在基地營的第一要務並不是登山，而是先做好高度適應。如果是多人大隊的極地登山法，則須設置前進基地營和運補作業，但阿爾卑斯風格登山法則不需要這兩個步驟，而是從基地營一口氣攻頂，在短時間內完成來回。其關鍵在於，從基地營出發時所扛的裝備數量。反過來說，極地法中對前進基地營的運補作業可以用來適應高度，但是阿爾卑斯風格登山法則需要另外進行高度適應。

抵達基地營的隔天，三人只有從塑膠桶中取出食物、飲水和裝備並加以整理，其他時間基本上都在養精蓄銳。

一直到搭起基地營的第三天，終於開始進行偵查工作。因為他們必須更靠近觀察格仲康峰山壁上的岩理。

基地營的正面是北壁。想要正面觀察山野井想爬的東北壁，就必須往東走，也就是面對北壁往左邊繞上一大圈才行。雖然採取行動的第一天，山野井並不認為可以走得到東北壁，但至少要先確認路線才行。

走出基地營之後，有些緩和的上下坡，接著是長長的下坡段。當然，這裡不可能有路，必須慢慢選擇比較好走的地方前進。那裡是屬於冰磧石地形（moraine）的石礫地帶，地上佈滿隨冰河帶下來的大小岩石，簡直寸步難行。走了一段，可以看見左手邊有個冰河融化的流水所形成的冰河湖。這湖其實也只像五十公尺的游泳池大小，與其說是湖不如說是池塘比較恰當。過了這個池塘開始走上坡，從基地營出發兩個小時之後，才穿過冰河融解所形成的河流。

途中，山野井和妙子停下腳步，做了幾個石路標（cairn）。他們用手邊適當大小的石塊堆起來，做成了幾座小塔。

石路標的用途並不是為了讓其他人能走相同的路線，比較像是用來找回基地營的路。同樣一條山路，只要背景不同，感覺就會完全不同。明明去的時候前面有座大山壁，但是回來的路上卻因背對著它，結果完全不認得路，這種情況並不少見。所以為了保險起見，石路標多做幾個還是比較好。

途中兩人經過一個地方，或許是斯洛維尼亞登山隊用過的基地營。當然這個地方不是犛牛能過來的。或許是利用九人隊伍的人數優勢，把行李搬來這個犛牛到不了的地方吧。

從有水流過的地方再往前走兩個小時，就能看見雪白的冰河。其實他們的基地營附近也有冰河，只是被山崩帶來的岩石和沙土所掩蓋，所以看不到。而這個地方的冰河，就是真正的冰雪世界了。

山野井和妙子在冰河起點稍前的地方略做休息。然後他們找了一塊比較有特色的岩石，把背包裡面的雙重靴裝進塑膠袋中，壓在岩石底下。也是第一天的目標之一。在佈滿岩石的冰磧石地形上，軟底的健行鞋會比較好走，但是冰雪覆蓋的地形還是要靠不透水的雙重靴。所以下一次真正開始適應高度的時候，就可以在這裡換穿登山靴。

山野井在這裡用望遠鏡觀察了東北山壁。很遺憾的是，山壁的難度要比想像中來的高。所以山野井不得不在隨身攜帶的小筆記本上，寫下這樣一段話：

「坡度比想像中要陡，有些地方甚至是垂直的。而且積雪狀況相當糟，岩層表面也只有覆蓋在逆層之上的鬆軟岩石。這樣該怎麼下山呢？」

所謂的逆層，就是山壁表面呈現瓦片堆疊一般的構造，這種構造讓人在攀登時找不到地方攀抓，或支撐身體。如果再加上鬆軟又容易崩落，那麼即使打上岩釘、使用登山繩，也很難攀爬。

岩釘源自於德文的Haken（鉤），在法文裡叫piton，外型像是金屬製的楔子。把岩釘打進岩石的小裂隙中，穿上登山繩，可以用來確保攀登或宿營時的安全。但是岩釘要發揮功能，就必須確實打在堅硬的岩石中才行。

當天，兩人從放登山靴的站點直接回到基地營，雖然僅是如此，所造成的疲勞就如同爬完一座山一樣。不僅僅是妙子，連山野井也難得地感到頭痛與不適。

隔天，兩人整天都在休息，請葛爾千燒了大量熱水擦拭全身。自從離開定日以來，已經十天沒洗澡了，洗完後心情相當舒暢。

晚上，吃了葛爾千做的「壽喜燒」，雖然沒有肉，只以醬油煮青菜而已，也有壽喜燒甜甜鹹鹹的味道。

葛爾千做的飯，主要是用壓力鍋煮的米飯，加上豆湯、水煮青菜搭配成「豆菜飯」，另外還有各種小菜。葛爾千會炒青菜、做辣咖哩風味的豬肉餅，甚至還會做披薩、鬆餅、油煎餅、肉桂捲風味的蒸麵包等等。

除了在加德滿都採購的大量蔬菜之外，向聶拉木的小販買的南瓜也很鬆軟美味。喜歡吃蔬菜的妙子直說在日本都沒吃過這麼好吃的南瓜，對此開心不已呢。

至於那條老狗，現在只要叫一聲「來福」，牠就會回頭。來福總是靜靜地吃著他們吃剩的炒青菜和米飯。不過如果吃到起司就會很開心。尤其是原本已經發霉，又放到長出不同黴菌的起司，牠吃起來格外開心。

九月二十日，在格仲康峰設置基地營的第五天，他們前往附近一座六千三百公尺左右的無名峰進行高度適應。大概花了三小時登頂，再從那裡觀察格仲康峰。

沒有任何遮掩的格仲康峰，看起來確實令人動容。

或許是登頂造成的興奮吧，山野井更想挑戰東北壁了。但另一方面，他則冷靜地在思考攻頂的可能性到底有多少。

隔天，還是休息。一天適應高度，一天休息，目標是慢慢適應更高的高度。

當天，山野井用他的ＭＤ隨身聽放著平克・佛洛伊德（Pink Floyd）的歌曲〈迷牆〉（The Wall）。他並不是特地想帶平克・佛洛伊德的專輯，也不是因為要攀爬山壁才聽這首〈迷牆〉。他不是很懂平克・佛洛伊德的音樂，只是覺得跟日本流行音樂比起來，自己比較喜歡這樣的風格。

平克・佛洛伊德的音樂讓人感受到宇宙的浩瀚無垠，但是山野井在聆聽的時候，心並沒有飛得那麼遠。

山野井當時想的，是養犛牛的兩個男人，還有一起來的那個小女孩。她看起來只有十歲左右，但聽葛爾千說，其實已經十三歲了。小女孩咳得令人側目，臉上的鼻涕痕跡的模樣在日本都很難看到了。山野井在他的小筆記本上寫了這樣一段文字。

「身邊擺滿最新的登山裝備，聽著平克・佛洛伊德的歌，我將挑戰高山，不知能否生還。

另一方面，父親過世的十三歲少女，必須在嚴酷的環境中指揮犛牛過生活。一片小餅乾就讓她開心不已。

這樣真的好嗎？

我的人生方向正確嗎？

但是很遺憾，看見了那座山，我無法克制征服它的衝動。」

當天晚上，開始下雪。妙子走出帳棚小解，順便拍掉廚房帳棚頂上的積雪。

一早起床，走出帳棚一看，已經是一片銀白世界了。從雪堆裡爬出來的來福抖著身體甩掉身上的雪。妙子看到這幅景象，心中感到一股暖流。來福明明可以睡在自由進出的廚房帳棚，看來牠是客氣了點……。

來福似乎也讓葛爾千的心情相當愉快。這個基地營裡面的肉品不多，除了罐頭之外，就只有在定日採買的一條羊腿了。葛爾千在做飯的時候會謹慎使用肉品。用得差不多了，就把帶肉的大骨拿去熬湯。有時大骨上的肉屑會被來福偷吃掉，但是葛爾千卻不會嚴厲責備來福。畢竟山野井和妙子去適應高度的時候，營地就只剩下葛爾千一個人，有來福陪著，多少可以排解寂寞。

2

進入基地營已經過了一週。

九月二十三日，山野井和妙子預計以三天兩夜的時間偵查東北壁，同時適應高度。他們要爬的山，是幾乎正對著格仲康峰東北壁的吉烏達里峰。

佈滿大小岩塊的冰磧石地形上，幾乎看不到昨天下的雪了。

妙子的身體狀況差到極點。頭痛、噁心，而且身體無法靈活行動。途中還因為情況太差，山野井甚至想讓她一個人先回基地營，還好再撐了一段時間，情況已稍微好轉了。

兩人來到之前「設站點」的地方，把健行鞋換成塑膠靴，然後走左邊的路線。

區分格仲康峰北壁和東北壁的稜線，下段有個小小的山口。他們必須先穿過這個山口。這並不容易。因為這裡有陡峭的上坡，而且滿是容易鬆動的岩石。

從基地營出發，經過連續八小時的行進，總算通過山口，然後在當地宿營。這裡的海拔高度已經超過六千公尺了。

晚上他們打開火腿罐頭，用火烤過，辦了個小小的烤肉餐會。山野井原本以為妙子會沒有食慾，但烤火腿香味誘人，妙子還是吃了一點。不過爬進睡袋之後，她的頭痛非常嚴重，幾乎無法入眠。

隔天早上，早餐簡單吃了小餅乾和紅茶。原本打算八點離開帳棚，但是風雪突然變大，看不見吉烏達里峰，只好先等一等。

到了十點，視野稍微恢復一些，他們就動身出發。坡面上的新雪不知道何時會引發雪崩，所以兩人第一次拿出登山繩，把彼此綁在一起，以策安全。山野井幾乎全程領頭在雪中開路，大約花了三小時，才抵達海拔六七一一公尺的峰頂。

山野井在山頂看著格仲康峰的東北壁，思考攀登的策略。

他心中有幾個攀登東北壁的方案。

第一是，一邊打岩釘一邊綁登山繩的方法。但是用這個方法，除了登山繩還得帶上二三十支的岩釘，對於重視速度的阿爾卑斯風格登山法來說，這些裝備的重量會是致命阻礙。想要攀登東北壁，必須通過好幾個雪崩可能性極高的地方，速度也快不起來；因為，不管天氣再怎麼好，都可能碰上一兩次雪崩。

那麼不帶岩釘和登山繩，以最輕裝備一口氣登上山頂呢？如果這麼做，就會碰上下不了山的問題。東北壁的岩層暴露程度很高，而且屬於逆層，相當脆弱，就算爬得上去，不用登山繩一樣下不來。

其實還有一個方法，就是一口氣登上東北壁，然後從比較輕鬆的北壁下山。有經驗的人或許不靠登山繩也能夠從北壁下山，但這對初次挑戰格仲康峰的山野井來說未免太魯莽了。因為險峻的山壁，總是下來比上去更加困難。

山野井最後只能這樣判斷。「東北壁上得去，但是下不來。」這也代表著東北壁是「無法征服」的。

山野井第一次看見東北壁的時候，就想過可能無法征服它，雖說如此，還是希望能找到一點突破的線索。不過來到這裡，他真的只能放棄了。

難道，只能爬北壁了嗎？

從吉烏達里峰頂下來的時候，得小心避免引發雪崩。兩人下山時步步為營，當天夜晚又回到山口紮營。

當山野井開始考慮攀登北壁時，心中的緊張感便節節高升。這股緊張感，比猶豫要不要攀登東北壁時還要緊繃。因為北壁只要想爬，就可以爬。姑且不論能不能成功登頂，只要決定攀登，就一定可以啟程。這樣一來，山野井就能具體想像自己將在攀登過程中遇到怎樣的困境。他的恐懼也變得更加真實。

當晚，山野井還是放棄了東北壁，決定攀登北壁。

做下了決定，心中遺憾的程度並不如預期強烈。因為從抵達基地營的那一天開始，他心中隱約就有了這樣的預感。先不討論攀登的困難度，他覺得北壁其實比東北壁要美上許多。就算在攀登史上排名第二，攀登北壁依然讓他感到興奮莫名。這時他心中想攀登北壁的想法，是越來越強了。

當山野井放棄東北壁的那刻，妙子心中暗自歡呼了一下。因為攀登北壁，妙子就可以跟山野井同行了。

妙子最難過的，就是在家裡等山野井登山回來。因為她除了擔心，什麼都不能做。相較之下，待在基地營可就快樂多了。遠比在家空等更能即時掌握狀況。然而即使在基地營等待，仍免不了會擔心。如果當下自己也在攀登別的山壁，還不用那麼擔心，畢竟顧自己的命都來不及了。當山野井以自選路線單人挑戰卓奧友峰的同時，妙子也正與遠藤搭檔攀登卓奧友峰的自選路線。妙子下山的時候，山野井早就等在那裡，根本輪不到她擔心。

如果不是分開攀登，而能夠一起攀登同一條路線的話，就再完美不過了。無論是挑戰路線的能力、策略、攀登技術、情況判斷，山野井都遠比妙子要強。妙子喜歡跟自己絕對信任的山野井一起爬山。

但是當時，山野井的心中有兩個令他動搖的想法。

一是現在雖然要改登北壁，但是他應該自己爬，還是跟妙子一起呢？他並沒有特別堅持要一個人攀登北壁，只是心中會出現獨自攀登的模糊景象。

另一方面，他也希望能和妙子一起攀登格仲康峰。山野井知道妙子有多麼喜歡爬山。

如果妙子能跟自己爬同一座山一定會很幸福。正因為知道這一點，山野井才不忍違背在日本答應妙子的事情，一個人跑去登山。不僅如此，妙子最近幾年都沒爬什麼適合她的好山。而格仲康峰的頂峰對妙子來說，甚至對其他人來說都是絕佳的頂峰。山野井希望能帶妙子一起上去。

不過，妙子的身體狀況實在不適合攀登格仲康峰，她的高度適應相當不順利。妙子原本就不是能很快適應高度的人，這次狀況又特別糟糕。這樣下去能成功登頂嗎？

妙子心裡也明白這一點。能跟山野井一起攀登北壁固然值得開心，但是這樣下去可能無法攻頂，自己的身體狀況實在太糟了。

從幾年前開始，妙子下山之後依然會有頭暈和耳鳴的症狀，到醫院檢查也不清楚原因，可能是梅尼爾氏症（Ménière's Disease），也可能是更年期障礙。雖然頭暈有慢慢減輕，但是身體狀況卻一直不佳。最近妙子的高度適應能力又變差了，不只是因為年齡，也是因為身體不好，在平地無法進行充分訓練的緣故。

妙子很清楚，格仲康峰北壁不是簡單的山壁。即使是世界知名的斯洛維尼亞登山隊，都曾經敗在它手下，而且登山隊裡面還有安德魯峰．休雷姆菲利和馬爾科．普列切里這樣世界級的登山家。就某個層面來說，這支隊伍是賭上了許多國家尊嚴的國際登山隊。而且登山隊共八人分成四個小隊，還要互相利用對方宿營的地點，互相整理攀登路徑，同心協力才爬得上去。從過程來看，並不能算是真正的阿爾卑斯風格登山法。反過來說，北壁就是必須互助才能克服的頂峰，一道偉大的牆。

格仲康峰北壁如此偉大，是不可能輕鬆征服的。但是妙子心想，只要身體狀況夠好，至少不會妨礙到山野井，還可以分擔山野井必須負荷的重量。至少在需要拉登山繩的地方，可以互相維護對方的安全，在宿營地點紮營做飯的時候，也可以負擔一半的工作。

然而，眼前妙子還沒辦法陪山野井一起登山；頭痛，噁心，甚至還頭暈和耳鳴。

「或許我沒辦法跟著去了……」

聽到妙子這麼呢喃著，山野井更緊張了。如果妙子不能去，他勢必要單獨挑戰才行。單挑的危險性，與兩人合作是完全不同的。

夜晚的山口開始降雪，到了早上，整個帳棚全都埋進雪裡了。

既然東北壁無法攀登，就不必在這裡放什麼東西設站點，可以從這裡開始攻頂了。妙子的身體狀況相當糟，連活動都十分辛苦，兩人好不容易才把所有裝備全部塞進登山背包裡。

妙子感覺到從山口走回基地營的路途特別漫長。另一方面，山野井則是走在冰磧石地形上，想著來福的情況。要爬吉烏達里峰的那一天，山野井沒看到來福的蹤影，有些擔心。他一邊往基地營前進，一邊想著來福是否已經先一步回去了。

但是，來福並沒有回到基地營。是不是因為我們沒有給牠足夠的食物呢？山野井想著，心中難免有些寂寞。

從吉烏達里峰回到基地營的那一晚，營地也在下雪。

隔天起床一看，積雪比上次更厚，週邊完全被白雪覆蓋了。雪的重量甚至壓垮了廚房帳棚。或許來福感覺到雪季真的要來了，才提早下山的吧。

「這之前就明白了吧？」

山野井這樣問，妙子也照樣反問回來。

「這之前就明白了吧？」

下午天氣開始放晴，兩人不禁擔心起壞天氣何時來臨。

3

妙子的身體狀況依然欠佳。

除了頭痛、噁心外，連胃都痛了起來。應該是胃酸開始破壞胃壁了吧？

從吉烏達里峰回來之後，第二天兩人都在休養，再過一天則洗了衣服。妙子吃了半顆丹木斯（Diamox）。

丹木斯（註：一種利尿劑，可以預防急性高山症並且加速身體適應高地環境）是治療梅尼爾氏症的藥物，但它有加快新陳代謝的藥效，所以也被攀登高峰的登山家當成預防高山症的藥物。

妙子在幾年前開始有類似梅尼爾氏症的症狀，所以醫師開了一些丹木斯給她，到現在還沒吃完，所以這次登山她也帶在身邊。

丹木斯同時有利尿作用，所以妙子半夜經常起來小解。

當晚，妙子走出帳棚，看見寶藍色的夜空中高掛著一片半月，正前方的格仲康峰在月光之下，閃爍著藍白色的光芒。

隔天早上，連絡官的兩個當地下屬來到營地。

他們帶來一張以英文書寫的便條，上面有兩則訊息。一，是請他們通知撤除基地營的時間，這樣才能準備犛牛和車輛。另一個訊息比較令他們擔心。那就是兩天前在珠穆朗瑪峰發生雪崩，有兩個人不幸遇難。希望他們注意惡劣的天氣。

葛爾千做了西藏麵（thug pa）給兩個當地的西藏人吃，然後兩人一邊喝茶，一邊等妙子回覆第一個訊息。

山野井不喜歡用無線電或衛星電話收集天氣資訊，他覺得這麼做，就像用氧氣鋼瓶登山一樣。山野井非常希望能以最原始的姿態與山交談。這也是他登山從不帶無線電對講機的原因。

九月二十九日，來到基地營的第十三天，山野井和妙子進行最後一次高度適應。目標是比格仲康峰稍近些，位於右手邊的四光峰。

出發時，妙子已經有了心理準備。如果這次適應還是失敗，她就要放棄與山野井一起攀登格仲康峰北壁。

兩人早上八點出發，花了四個小時抵達放鞋子的站點。當天，妙子的狀況好到讓她自己都相當吃驚。或許是因為吃了丹木斯吧，走起路來的節奏與之前完全不同。

兩人進入冰河的右岸，穿過一座座冰塔，終於在下午六點抵達海拔六千兩百公尺的地方紮營。

第二天早上走出帳棚，他們看到不知從哪裡飛來的兩隻烏鴉，就停在附近的岩石上。

妙子將用餐之後的垃圾放在離帳棚不遠的地方。這麼做是擔心烏鴉趁沒人的時候啄破帳棚找東西吃。這個帳棚可是攻頂時要用的，萬一被烏鴉堅硬的喙啄到，可是撐不住的。妙子把垃圾放在旁邊，如果烏鴉想啄，就去啄垃圾吧。

雖然氣溫依然很低，但天氣不錯。山野井心想，現在應該是喜瑪拉雅山脈的晴天季節吧。

他們走在平緩的山路上，來到六千九百公尺左右的地方，由於往上無法取得更多高度，便決定折返。

回程時為了避開雪簷（cornice），所以繞了遠路下山，大約六點左右才回到帳棚。放在外面的垃圾果然被烏鴉啄得亂七八糟，帳棚則安然無恙。妙子把垃圾收一收，放回帳棚裡面。

隔天早上八點半，兩人收起帳棚，順著來時留下的足跡踏上歸途。十一點之後抵達放鞋子的站點，換回健行鞋，往基地營前進。或許是走了太多次了，妙子覺得冰磧石路程變短許多。也或許是因身體狀況好轉許多的緣故吧。

這次的高度適應，讓妙子決定跟山野井一起攀登北壁。山野井決定在四天後，也就是十月五日出發攻頂。

翌日，兩個人把攻頂用的登山裝洗了一次。刷毛布之類的聚合纖維裝還是全新的最好。如果買不起全新的，至少也要洗過。與其說是為了乾淨，不如說是怕髒污堵住纖維空隙，會降低保暖的效果。

洗好了衣服，兩人用葛爾千燒好的熱水洗頭。對於習慣每天洗頭的山野井來說，這也是攻頂之前的一種儀式。

隔天，妙子的胃又開始痛起來了，感覺是即將引發胃潰瘍的前兆，所以她吃了事前帶來的胃藥。

出發的前一天，妙子的胃已稍微好了一點。在試穿登山裝的時候，她感覺下半身有些冷，所以多穿了一件底褲。

當天山野井也檢查自己的攻頂裝備。首先是內衣，然後是長袖上衣和衛生褲。穿棉質內衣的話，會吸收汗水而減少保暖效果，所以他們全部選用聚合纖維材質。接著穿上厚質的刷毛布衣褲，最後才套上羽絨衣褲。

腳上穿的是以羊毛混紡的半聚合纖維襪子，先穿上保暖的內靴（inner shoe）後，外面再套上預先放在站點的雙重靴。最後，要攀登冰雪山壁的時候，鞋底還會加裝冰爪（一種攀登雪山用的釘鞋）。而且為了避免冰雪掉入羽絨衣和雙重靴之間的空隙，還要打上綁腿。

手要先套聚合纖維手套，再套上塞了羽絨的手套。不過山野井選用把這兩種手套併在一起的五指手套。材料也不是羽絨，主要是聚合纖維。

頭部也要有完整的保護，帶上頭套後只露出一雙眼睛。一般頭套都是毛線的，但是山野井不喜歡被細毛刺臉的感覺，還是愛用聚合纖維頭套。有些人會在頭套上再加一頂毛帽，山野井夫婦則只有把連帽羽絨外套的帽子蓋在頭套上而已。

另外，碰到有落石危險的地段，就必須戴頭盔，但他們認為格仲康峰北壁雖然有雪崩的危險，倒不至於有落石。

最後，要在羽絨外套上繫上攀岩吊帶。攀岩吊帶不僅可以扣上登山繩，也可以佩帶岩釘等各種登山工具。

之前在高度適應的時候僅戴太陽眼鏡保護雙眼，正式攻頂則必須佩帶護目鏡。有了這些配備，才能抵抗零下三四十度的低溫。

出發當天，天氣依然晴朗。山野井對著灑滿明亮陽光，聳立在蔚藍天空下的雪白格仲康峰，打了一聲招呼。

——請不要鬧脾氣喔！

這跟祈禱有點不一樣。山野井還在唸高中的時候，每次到谷川岳單獨挑戰危險登山，經過刻著數百位往生者姓名的遇難紀念碑時，都會停下腳步「打聲招呼」。

——請保護我平安。

山野井對格仲康峰打的招呼，也帶有類似的意思。

連日來的好天氣，讓山野井的心情相當複雜。

在攻頂之前每碰到一天好天氣，就代表距離下次壞天氣又近了一天。對登山家來說，最好是天氣一直壞到攻頂前一天，然後攻頂當天整個放晴。雖然這裡並沒有想到雪崩的可能，但在攻頂之前連續碰上好天氣，心情難免會有些焦慮。

況且攻頂之前天氣這麼好，則代表攻頂勢在必行。如果天氣惡劣，根本就不需要出發。之前明明等不及要征服這座山，如今攻頂之日近在眼前，卻希望能夠把時間往後延。

太陽下山了，山野井則越來越沉默。

看著沉默的山野井，妙子絲毫沒有擔心。因為他一向就是如此。每次攻頂之前都很沉默、不悅，都很任性。而且就是在妙子面前，他才能完全表現心中的不悅。妙子明白，這是山野井在登山前提高注意力的方法。

從這一點來看，妙子也覺得在攀登馬卡魯峰時的山野井十分可憐。

聽說挑戰馬卡魯峰失敗後，隨行的電視台攝影師對某個記者說：

「山野井一開始就被馬卡魯峰的氣勢壓倒了。那樣怎麼可能成功呢？」

那個攝影師原本負責扛著攝影機拍攝山野井攀登馬卡魯峰西壁的場面，本身也是個優秀的登山家。但是妙子認為，這句話對山野井來說太過分。

要說山野井攀登馬卡魯峰時跟平常有何不同，那就是帶了一群電視台工作人員。山野井是個對人和善，甚至可說是個有奉獻精神的人，在基地營裡對導演等工作人員很貼心。

他並不是想推銷自己。山野井心中有一股莫名的責任感，希望難得來到高山上的人都能盡情享受山的樂趣。

不管電視台的人有沒有隨行，這次挑戰都會失敗吧。然而妙子心想，如果當時只有自己和山野井兩人出發，讓山野井像往常一樣任性發怒，然後提高注意力，或許結果會完全不同也說不定。

夜晚，山野井的緊張情緒到達了頂點。葛爾千在攻頂前夜做了豐盛的飯菜，但是山野井卻食不知味。在每次登山前，山野井都是這副模樣。不僅食不知味，還會言不及義。

這並不是不安，而是即將面對一場大活動，自然產生的緊張。

喝著飯後的咖啡，也可能是此生最後一杯咖啡了，山野井依然心不在焉。

等他回過神來，妙子和葛爾千一如往常地聊著天。那道菜的味道如何？回程需要幾頭犛牛？回到加德滿都之後該做什麼？極稀鬆平常的談話。為什麼她可以這麼心平氣和呢？山野井看到妙子這樣處變不驚，覺得真是不可思議。

最近幾天，山野井覺得自己有些感冒症狀，便順手寫在筆記本上。

「明天就要攻頂了。感冒令我有些擔心。但心裡卻為了登山而興奮不已。登山繩和裝備都不多，應該可以順利下山。」

第五章　雙斧

面對這座壓倒性的山壁，是否能夠踏出攀登的第一步，並非取決於勇氣，而是看登山家是否相信自己的力量。

1

十月五日早晨，山野井從基地營出發之前，對葛爾千交代了一句話。

「這一趟預計要花五天，最慢六天內一定回來。」

這都是事前計算過的結果。首先花一天時間走到山腳下，在當地宿營。第二天開始攀爬北壁，然後在七千公尺左右的地方紮營。第三天攻上山頂，然後下降到七千公尺左右紮營。第四天下到山腳下，在第一天紮營的地方過夜。第五天回到基地營。這個行程總共五天四夜，就算發生什麼事耽擱了一天，第六天應該也回得來。

山野井認為，從走出基地營、登上山壁，到返回基地營的過程都算登山。如果單純計算「攀登」過程的話，三天兩夜就完成了。

早上九點，葛爾千目送山野井和妙子離開基地營。兩人右手都各拿了一支雪杖，默默走在高低起伏的冰磧石地形上。

攻頂時的登山裝，就放在背上的登山背包裡。雖然氣溫相當低，卻有著耀眼的陽光，穿著羽絨衣行走的兩個人，沒多久已是滿身大汗。

走了一陣子之後，山野井發現前天晚上的緊張感已經消失無蹤。「我已經開始登山了，再來只要全力以赴即可。」

從基地營到山腳下大約有八公里，一路上有很多兩人之前做好的石路標。雖然幾次高度適應下來，沒有石路標也認得路，但跟著石路標走，不用耗費更多的精神和體力。

他們一如往常，花了四小時來到了放鞋子的站點。附近有很多類似的岩石，所以他們特地在站點上插了綁著紅布條的棒子。

兩人換下健行鞋，改穿登山靴，並把換下來的健行鞋裝進塑膠袋，塞進岩石底下。

冰磧石地形穿健行鞋會走得比較輕鬆，但是積雪一深，融雪可能會把襪子弄濕，凍傷腳尖。雙重靴雖然不用擔心弄濕襪子，但是走在暴露的岩層上不容易取得平衡，要經常使用肌肉。因為雙重靴的鞋底比健行鞋要硬。為了第二天的攻頂活動，能讓肌肉休息就盡量休息。所以山野井可說是步步為營。

不過妙子就算穿上雙重靴，似乎也沒有耗費太多力氣。山野井總是想不透這一點。十一年前，妙子在馬卡魯峰明明受到嚴重凍傷，少了八隻腳趾頭，應該更難保持平衡的。可能是妙子的平衡感大生就不錯吧。

下午兩點，山野井來到北壁山腳下，開始找尋適合紮營的地點。這裡的海拔已經超過五千九百公尺了。

紮營場所的第一重點，就是要好記，這樣在登山過於疲憊想要下山時，才能在廣闊冰河中正確找到自己的營地。

當然，營地越接近山壁，隔天的攻頂就更輕鬆，但是太過靠近山壁則有被雪崩沖毀的危險。可謂魚與熊掌不可兼得。

山野井之所以早早抵達山腳下紮營，就是想全心投入明日的攀登活動。山野井必須在天還亮著的時候就搭好帳棚，然後悠閒地喝著咖啡，告訴自己：「來吧，明天就要挑戰格仲康峰北壁了。」

而妙子並不需要這種心理上的儀式。到了山腳下，吃個飯，睡個覺，就夠了。所以妙子要是一個人去登山，從基地營出發的時候會更輕鬆。

山野井選了一個紮營的好地方，可以消磨攻頂之前的半天時間。這個地方氣氛要悠閒，可供坐在附近的岩石上整理裝備等等。

搭完帳棚，山野井開始檢查裝備。首先是調整冰爪。山野井的冰爪上有十二支銳利的爪子，腳尖的兩支爪子向前突出，方便踩踏出力。山野井要把冰爪調整到與雙重靴密合，並檢查爪子的銳利度。妙子則是為了防止腳尖失溫，在雙重靴上又多套了一層外靴（over shoes）。冰爪必須套在外靴之上做調整，妙子失去了第二關節之後的手指，是無法進行這項作業的。

接著是確認冰斧和冰鎚的刀刃。這兩項工具用來穿刺冰雪的部分幾乎一樣，但是另一端則各有不同。冰斧的另一端像小鏟子，用來挖削冰雪；冰鎚的另一端則是鎚頭，用來打岩釘。

當山野井調整攀登工具時，妙子負責融雪煮熱水，準備大量的茶水。人在高地上，血液中的氧氣會減少，紅血球會增加，紅血球增加將使血液變得濃稠，不易流動。為了防止血液過度濃稠，必須確實補充水分，加速新陳代謝。沒有人知道一旦開始攀登，到底需要補充多少水分。所以要趁有時間喝的時候喝個夠。

晚餐是冷凍乾燥蔬菜做的山菜飯。當然，這不能算做飯，只是把熱水倒進包裝中泡開而已。

傍晚，他們發現山頂的天空附近出現魷魚頭形狀的雲層，山野井心中暗叫不妙。原本山頂上出現這種雲層，總是會馬上消失，之後天氣便相當晴朗。但是最近幾天，這種雲層出現時間大多長達十到十五分鐘。而且當天登山錶內建的氣壓計，顯示氣壓很低，這可能是天氣即將惡化的徵兆。雖然擔心，但情況並沒有惡劣到必須放棄攻頂的地步。

況且他已經爬過好幾次喜馬拉雅山脈的高峰了。這種未知的刺激感，也是攀登喜馬拉雅高峰的樂趣之一。

看著格仲康峰，山野井覺得它並不如遠看時來得高。並不是只有格仲康峰才有這種現象。不管哪座山，從底下往上看，往往會覺得山頂沒那麼高。但是格仲康峰的北壁看來就像一塊巨岩，具有一股足以壓倒登山家的魄力。面對這座壓倒性的山壁，是否能夠踏出攀登的第一步，並非取決於勇氣，而是看登山家是否相信自己的力量。只要相信自己的能力，信心就能抵擋沉重的恐懼，讓人踏出第一步。

如果是個沽名釣譽的登山家，是不可能往巨大山壁踏出第一步的。格仲康峰的北壁，或許不像馬卡魯峰的西壁、賈奴峰的北壁那麼困難，但是其魄力足以讓人為之震懾。到底有幾個人能夠克服那股恐懼，攀爬這樣偉大的山壁呢？

山野井很明白這些人害怕的原因。但是他覺得妙子應該一點都不懂。妙子似乎天生就不知恐懼為何物。雖然這是個優勢，但同時也是個致命的缺點。因為恐懼會帶來謹慎和精密。山野井可以一個人以困難路線登上八千公尺的高峰，單人挑戰八千公尺的困難路線，稍有不慎就會喪失生命；然而克服瀕臨死亡的恐懼，一個人默默攻頂，是需要強大意志力的。山野井並不認為自己具有超乎常人的勇氣，甚至覺得自己謹慎到膽小的地步。但因著這種謹慎，才讓他從許多危險高山上活著回家。

這一點妙子也很清楚。山野井的謹慎，可以保護與他同行的自己。妙子心想，如果自己不是跟山野井一同生活，一同登山，可能已經在山上死過一兩次了。

對於這點，山野井和妙子的看法一致。所以他對親朋好友會開這樣的玩笑：

「妙子會跟我結婚，是因為怕死在山上。」

在帳棚裡的兩人，天色一暗，便準備入睡了。

他們身上要穿著攀登時的全套保暖裝備，才能鑽進睡袋。由於出發的時候沒有光線，要穿脫裝備十分麻煩。睡袋是保溫效果優良的羽絨睡袋。山野井拉起拉鍊，露出一張臉，腦中不斷演練明天攻頂的過程。

首先，起床的時候天還沒亮，所以要先點亮頭燈。然後依序把睡袋、帳棚塞進背包。接著是登山繩和攀登工具。因為登山家不知道何時會用上這些工具。然後把冰爪裝在雙重靴上，點著頭燈出發……。

2

凌晨兩點，兩人準備開始攻頂。

之所以選擇這個時間，是希望盡快爭取高度。再者，在陽光照射之下，山壁溫度上升，比較容易引發雪崩。另外，他們也希望盡可能拉長一天內的活動時間，減少在高山上睡覺的次數。就算高度適應順利，海拔越高，能攝取的氧氣會越少。在海拔七八千公尺的地方，空氣中的氧氣含量只有平地的三分之一左右。而且睡眠中的呼吸更慢更淺，氧氣攝取量非常低，這對身體的傷害是相當大的。

把必要裝備塞進登山背包裡後，剩下要留在原處的東西就包成一包。首先是蓋住帳棚的外帳（fly-sheet）。多出來的炊飯盒一個。雪杖兩支。為什麼要放棄雪杖呢？因為，他們接下來只能靠冰斧和冰鎚往上爬。再來是昨天用來調整冰爪的六角扳手、鋪在帳棚裡面的銀墊、用剩的瓦斯罐，還有攻頂用的兩支全新瓦斯鋼瓶、少許食物，包含乾燥的乾燥米（將米加熱，使澱粉質糊化，容易消化吸收的加工米）、配飯香料、巧克力，還有紅茶。這些東西全都要裝在塑膠袋裡面，然後塞到岩石底下。

兩人攜帶的裝備如下：

帳棚（兩人用）　一組
聚胺酯墊　兩片
睡袋（附套）　兩個
手套（預備）　兩副
卡式瓦斯爐　一組
瓦斯爐用瓦斯罐　兩支

炊飯盒 一個
叉子 一支
筷子（較短的免洗筷）一雙
打火機 一個
火柴 一盒
鋰電池 二個
照相機 一台

登山繩（Dyneema纖維製，五十公尺） 一捆
岩釘（鈦合金） 六支
冰螺栓（鈦合金） 四支
8字環 兩個
鉤環 七個
有安全環的鉤環 兩個
吊帶 六條

乾燥拌飯（兩百公克裝） 一包
乾燥炒麵（一百公克裝） 兩包
小餅乾（一百公克裝）
乾燥湯精（六十公克裝） 兩包
乾燥海帶湯 兩包
乾燥味噌湯 兩包
咖啡、奶粉、砂糖
可可粉

另外還有鹿屋體育大學推薦的胺基酸錠和葡萄糖顆粒。就算全部加起來，食物的重量也不過八百五十公克。為了讓一個人負擔的重量不超過五公斤，裝備數量可說是能刪則刪。這也可以說是重視速度的阿爾卑斯風格登山法的「精髓」。當然，食物份量之所以如此的少，是因為高度超過七千公尺之後，妙子幾乎就不吃不喝，算是特殊案例吧。

山野井夫妻倆人分擔的重量幾乎一樣，但內容卻有些微妙的差別。山野井的背包裡面，放的是自己的睡袋，還有帳棚、攀登工具、登山繩。因為這些東西一開始是乾的，但是在山上用過之後會吸收水分而結冰，變得越來越重。另一方面，妙子的背包裡面則是睡袋、炊飯盒、食物、瓦斯爐。食物吃完，重量就會減輕。所以一開始重量相同，山野井卻選擇了會越來越重的東西，讓妙子負責越來越輕的部分。

凌晨三點半，兩人離開了營地。月亮在山峰之後，天空一點光線也沒有。兩人靠著頭燈往北壁山腳下前進。

積雪越來越深，甚至深達膝蓋。領頭的人必須把雪踩實，讓後面的人跟上。第二人要用燈光照亮領頭人踩過的足跡，跟著足跡前進。

兩個人輪流擔任領頭前進，但輪到妙子領頭時，行進速度就會變慢。因為妙子的身體狀況依然不好，踩雪相當吃力。

一般登山家之間不會隨便說「換你來領頭吧。」通常都是等後面的人主動說「換我走前面好了。」這也是一種登山家的尊嚴。要別人和自己換手，等於是說自己已經累了，登山家不能讓同伴看見自己這樣脆弱的一面。但和妙子一起登山的時候，山野井就會不客氣地說：「換妳走前面吧。」所以這天只要輪到妙子領頭，行進速度就會大幅降低。山野井不太希望在攀爬山壁之前消耗太多體力，所以他會叫住妙子。

「我先走了。」

妙子聽到山野井這麼說，就會停下腳步往旁邊退一點。後面的山野井則直接超越她。

這就是他們交換領頭的方式。

看著妙子虛弱的模樣，山野井心想，平時那麼堅強的妙子到哪裡去了呢？原本的妙子應該健步如飛，連二十幾歲的年輕人都趕不上她才對。或許是高度適應真的不順利吧。即使如此，也未免太沒用了吧？最後山野井是這麼想的：

——這樣下去是無法登頂的……。

兩人來到冰雪更深的地方，結果碰上了冰背隙。

所謂的冰背隙（Bergschrund），就是冰河在山的坡面到平面轉折處所產生的裂縫。不同山壁會影響冰背隙的寬度和深度，但走在冰河上想攀登山壁，卻碰到無法跨越的冰背隙，也可能必須放棄行動。山野井在適應高度的時候找到了或許能穿越冰背隙的地方。應該是每次山上雪崩，就會有些雪填在該處，而形成一座雪橋。通常要渡過冰背隙，會用登山繩來確保安全，但山野井的經驗告訴他，這座雪橋應該夠結實。冰背隙中的積雪狀況跟冰背隙外相同，讓他十分放心。

山野井帶頭走。他兩手抓著冰斧和冰鎚的頭，將柄依序插進雪地中，再一次踏出一隻腳。也就是學動物將體重分散於四肢的做法。這種穿越法在旁人眼中看來，未免太過謹慎，但這就是單人登山家的習慣。兩人以上組隊還可以互相用登山繩確保安全，但是單人登山只要一個小閃失就足以喪命。所以再慎重也不為過。

安全渡過冰背隙，又繞了一段路，不久來到冰河在山壁上挖出的岩溝（gully）入口。之前的坡度都還不算太陡，但從走進岩溝的第一步開始，便能明顯感覺到坡度上升。可以說，從這裡開始才是海拔高低差距兩千公尺以上的格仲康峰北壁。

原本在積雪坡面踩起雪來相當辛苦的妙子，一到了大斜坡，攀登速度突然變得不輸山野井了。因為水平面上的踩雪前進類似馬拉松之類的全身運動，而垂直攀爬卻大部分使用上半身，而且可以靠技巧彌補體力差距。

天還沒亮，兩人便已攀在坡度六十度以上的陡峭山壁上。天色昏暗，所以幾乎感覺不到任何恐懼，但下山的時候天色很可能還亮著。要在大白天爬下這麼陡峭的山壁，可不是簡單的事。

「回程要從這裡下來吧。」

在交換領頭的時候，山野井對妙子這麼說。

「沒問題，這小事情啦。」妙子輕鬆回答。

山野井可不這麼想。往上爬的時候，眼睛只會看到山頂，但是往下爬則是看到山腳。這代表他必須不斷意識到自己離地面有多高。這種高度感，還有身體懸吊在山崖上的暴露感，會讓下山的動作變得遲緩。而且山壁上的冰非常堅硬，只有冰爪前端的爪子踩得下去。坡度陡，冰層又硬。山野井想到這些，不禁有些洩氣。

——一點賺到的感覺都沒有。

山野井在攀登喜馬拉雅的巨峰之前，一定會先嚴格推敲岩壁狀態、坡面角度、冰雪堆積情況，才擬定攀登策略。一旦實際攀登起來，便會感覺比之前預測的要簡單。例如這裡原來沒那麼陡啦，或是原來這裡有個攻略點之類的。其中一個原因是他每次都會從正前方觀察即將攀登的山壁。通常從正面看山壁，看起來會比實際上陡峭，因此沒辦法正確掌握坡度。山野井把這種比預期簡單的情況當成「賺到」。也就是喜馬拉雅山對努力攀登的人，所贈送的小禮物。

但是格仲康峰似乎不想給什麼「小禮物」。它的難度恰如預期，甚至比山野井預想的更困難。

兩個人並沒有使用登山繩互相確保安全，只用雙斧來攀登佈滿冰雪的岩溝。

雙斧（double axe）攀登是攀登冰雪的基本技術。雙手各抓著冰斧和冰鎚，將尖銳刀刃敲進堅固的冰雪之中，然後用加裝冰爪的靴子踩踏冰雪，有如毛毛蟲般慢慢往上爬。

冰斧和冰槌的握柄長度不一樣。冰斧的握柄較長，在緩和坡面上行走的時候可以當成手杖使用。但像山野井這種常常以雙斧來攀登陡峭坡面的登山家，會把兩手握柄長度抓成等長。如果抓的長度不一樣，敲擊的動作就會不自然。

山野井的登山技術幾乎都是自學的，連這些攀登冰雪的技巧，也是靠著自身經驗累積而來。

揮舞冰斧的方法，包括如何施力、如何敲擊冰塊、應該敲擊哪裡，以及判斷敲下去之後的效果。例如單純的冰面，就要盡量敲擊凹下去的地方。如果敲擊膨脹的地方，通常會使冰層裂開。而敲下之後是否夠穩固，僅靠敲擊瞬間的聲音和手感便可明白了。

如果敲擊時不盡量減少揮舞的次數，就會大量消耗體力。所以想要攀登海拔高低差達上千公尺的大岩壁，就得提升攀登冰雪的技術。

山野井的腳就像在上樓梯一般左右交互攀爬，但是冰斧和冰鎚的敲擊位置通常維持平行。雙手也和雙腳一樣交互前進，速度會比較快，但是一旦失去平衡也很難應付。手腳交互前進的攀登方式稱為N型，同手同腳的攀登方式稱為X型。如果採用這種說法，山野井的攀登方式就是NX混合型了。

岩溝入口往上的一段路結了厚冰，可說是名符其實的冰攀，通過這一段之後，山壁上的冰雪就可以踢進半個腳掌了。堅固的冰層只能用冰爪前端勉強勾住，全身的重量都要由腳尖承擔，對小腿的負擔很重。但是能踢進半個腳掌的話，小腿就不會那麼吃力。從這段開始，空氣也不那麼稀薄，感覺雪和山融為一體，令人放心。這段坡面是最容易獲取高度的地方了。

兩人順沿著稜線攀登岩溝。如果太偏左邊，會有雪崩的危險。頭頂上的巨大雪簷，看起來隨時都會崩塌。每次妙子領頭攀登而偏左的時候，山野井都會叫住她。

「妳太偏左啦！」

幸好，他們沒碰上雪崩。穿過長長的岩溝來到雪堆左上方，登山錶內建的高度計顯示他們目前正在海拔六千七百公尺的位置。這時候，天也慢慢亮了。這一帶天亮大概是上午八點，所以爬到這裡總共花了五個小時。可以說是挺順利的。

不過，困難的部分才要開始。

從這裡開始就是懸岩的部分。這一段必須使用登山繩攀登，當然很花時間。所以兩人繞過突出段的下方，打算從左邊繞上去。

這裡的攀登方式就不是雙斧了。坡度還算平緩，所以兩人手持冰斧和冰鎚的頭部，以握柄插入雪中，四肢著地往上爬。

這一段的積雪情況非常差。表面雖然堅固，但用腳一踩，裡面卻相當柔軟，一下就陷了進去。日本登山家形容這種雪是夾心餅，外硬內軟。這種狀態若有規則的連續下去則罷，怕的就是以為裡面鬆軟，一腳踩下去才發現是硬的。像這種積雪狀況因地而異的地段，爬起來特別消耗體力。

走過夾心餅之後，接下來是交錯的硬冰鱗片。積雪情況不良，須慎重前進，兩人也更加注意不去刺激山壁。第二人必須專心跟上領頭的腳印，而且最重要的是減少腳印，不能在雪面上拉出一條線。

如果腳印在山壁上形成縱線還好。但是走過斜面，或是橫渡坡面的時候，凌亂的腳印連成一條線，就可能將冰雪一分為二而引發雪崩。

考慮到這一點，山野井會刻意改變腳印的深度。因為相同深度的腳印易連成一線引發崩裂，而不同深度的腳印即使連成一線，也比較不容易引發崩裂。

想要從突出段的左邊往上爬，必須斜著穿越一段裸露的岩層。這裡的岩石結構，是格仲康峰特有的惡劣逆層。突出的部分朝下，所以沒辦法用手指攀抓，而且岩石表面既光滑又完整。

雖然這段岩層只有五公尺左右長度，但是想爬過去幾乎是不可能的。山野井認為以他的技巧，勉強還可以過得去，但是妙子能不能過就不知道了。所以他問了妙子：

「要用登山繩嗎？」

結果妙子馬上回他：

「不用。」

這塊岩石沒有裂隙，無法打岩釘設置支撐點。這樣一來，就算兩人互綁登山繩，一個人摔下去，也只會拖另一個人陪葬。妙子不希望兩個人一起摔下去。

山野井先出發，用手按著岩石，單腳踩在似有若無的突起上，另一隻腳緊貼光滑的岩石表面，靠著幾乎感覺不出來的冰爪摩擦力來支撐身體。一步又一步，他成功越過了這塊岩石。

妙子不希望用繩索，但是最後一個攀爬卻花了不少時間。途中曾經折返一次，想要找找看有沒有其他往上的路徑，卻找不到。

不等山野井指責，妙子也知道自己缺乏恐懼之心。但這最後一步，妙子就是踏不出去。因為不管怎麼看，她都覺得自己會摔下去。只要一失足，就會一口氣摔落上千公尺。這等於是從三座東京鐵塔疊起來的頂端掉落，然後摔在冰河上。

不過既然都已經來到這裡，就不能自己一個人下山。爬過岩石的山野井已經開始繼續攀爬前面的陡峭山壁。只能往前進了。妙子做好摔落的心理準備，往毫無支撐點的岩石表面踏出步伐。

好不容易爬了過去，感覺心臟快要跳出來了一樣。妙子甚至懷疑自己怎麼沒有摔下山。

不過，難關依舊是一關接著一關。

在將近八十度的陡峭山壁上，積雪狀況依然惡劣，才把腳踏進岩溝中的積雪，整個人就往下滑，還好滑到一半勉強止住。但是積雪一剝落，就剩下裸露的岩石表面。從六千八百公尺到六千九百公尺這一段，山野井和妙子小心翼翼地分辨積雪與岩石，才爬得上去。像這樣一段山壁，對經驗不足的登山家來說，大概連十公尺都爬不上去吧。

有些山從下往上看，以為岩石上只有一層薄薄的積雪，實際上積雪比想像中的深，攀爬起來也相對簡單。可是他們眼前這一段，幾乎都是積雪不深又容易脫落的岩層。

所以，山野井在積雪較深的部分使用冰斧攀爬，積雪較淺的部分則先把雪挖掉，再用手抓住岩石攀爬，可說是使出渾身解數。

再者，他們頭頂上有著隨時都會崩落的大塊雪簷，還不時掉下碎冰來。他們在基地營的時候也常常看到這一段發生雪崩。

——快啊！快啊！

雖然心裡很急，但是怎樣也躲不開頭頂的雪簷。最後總算是避開了危險地帶，來到六千九百公尺的地方。雖然這裡的坡度稍微和緩一些，但是難度依然不低。

之前，五千九百公尺到六千七百公尺只花了不到五個小時，但是接下來的三百公尺卻花了十一個小時以上，可說是陷入苦戰。而這段長達幾個小時裡，兩人是滴水未進。

3

經過十六個小時的連續行動之後，兩人終於來到七千公尺地點。妙子的速度雖然有些慢，卻也趕上山野井了。

當天太陽已經下山，差不多是該紮營的時候了。山野井和妙子並未多做交談，兩人的默契知道接下來該怎麼做了。

——今天就在這裡紮營吧。

可惜，七千公尺的位置也沒有格仲康峰的「小禮物」。喜馬拉雅的其他巨大山峰上，只要尋找就可以找到搭帳棚的地方，但是格仲康峰北壁卻連個岩石平台都沒有。從開始登上岩溝以來，山野井就一直期待格仲康峰會給予某些獎勵。他們爬得這麼辛苦，是應該有獎勵的。但是「小禮物」就是沒出現。山野井再次了解到格仲康峰有多棘手。

紮營地點坡度將近七十度，放開雙手的話根本就站不住。

山野井想將岩釘打在難得出現的裸露岩層上。但實在很難找到能好好固定的點。他往上爬為了找到穩固的打釘地點，結果不知不覺又爬了三十公尺之多。

——這些岩石也太難打岩釘了吧？

這時候，妙子正設法在陡峭坡面上做一個可以搭帳棚的小平台。她用冰爪站穩雙腳，左手用冰鎚插入坡面支撐身體，用勉強能動的右手拿著冰斧，以鑷子部分切削冰雪。然而就算她削到右手精疲力盡，也只削出一個最深五十公分左右的小平台。

山野井花了一個小時，才把兩根岩釘打進岩石中，然後回到妙子所削出來的平台（登山家把這個稱為露台），從背包裡拿出兩人用的黃色帳棚，並插上拉長的骨架桿。

當然，帳棚如果放在這麼小的平台上肯定會掉下去，因為這就像一小片貼在山坡上的海綿蛋糕。

首先，要從支撐用的岩釘放下繩索，綁在帳棚骨架桿交叉處的鉤環上。鉤環是個嬰兒巴掌搬大小的金屬環，可以自由開合，是用途廣泛的攀登工具，但是如果上面的岩釘不穩，整個帳棚還是會滾落谷底。

綁住鉤環之後，剩下的登山繩就從帳棚開口拉進來，穿過山野井和妙子裝在攀岩吊帶（harness）上的鉤環，然後綁緊。這樣一來，就算帳棚脫落了，也還是能確保兩人的性命。可是帳棚的開口外，就是接近垂直的峭壁。萬一支撐點鬆脫，就會一下子摔落千公尺以上。七千公尺附近的紮營條件實在太差了。等搭好帳棚之後，山野井卻感覺相當輕鬆，甚至很享受這種異常的高度感。他甚至懷疑自己是不是在作夢，等一回過神來，才相信妙子確實和他一起來到這裡了。

山頂附近有雲層湧現。山野井心想，討厭的雲又來了。雖然有些擔心，其實這雲也並非第一次出現。它總是露個臉，馬上就消失。但當天，這雲層與以往不同，並開始飄起小雪來了。

兩人搭完帳棚已經滿身是雪，而進到帳棚之中，也完全沒有可供伸展的空間，畢竟寬度最多只有五十公分，連兩人並肩入睡都不夠。只能一人先躺下，另一個人從反方向睡在第一位的雙腳之間。第二位的腳則放在第一位的軀幹位置。下面那個人必須承受相當的體重，但也只有這樣才能入睡。當然，山野井是睡下面的。山野井覺得右腳有些不舒服，他只能勉強拆下冰爪，卻無法脫掉靴子，因此沒辦法照顧自己的腳。

好不容易讓身體穩定下來了，便開始做飯。妙子從背包中拿出卡式瓦斯爐放在肚子上，用打火機點火，在炊飯盒裡燒熱水。炊飯盒裡放的是從帳棚附近削下來的碎冰。高山上的氣壓很低，所以水的沸點也低。加溫到一個程度之後，就把熱水倒進冷凍乾燥料飯的包裝裡，剩下的則用來泡熱可可。

妙子一如往常地缺乏食慾，不過至少吃了三分之一，剩下的則全都交給山野井解決。吃完東西也只能睡覺了。兩人幾乎沒有交談，只是簡單確認隔天的行程：登頂，然後盡可能下山。確認結束之後，兩人便關掉自己的頭燈。

他們睡得很淺。雖然姿勢不太舒服，但時間依然會慢慢流逝。這種感覺他們已經體會過數百次了。只能忍耐著，等待時間過去。

第六章　雪煙

雪塊不斷打在他們頭上，甚至以為自己的脖子會被打斷。身上包的帳棚差點從平台上滑落，還好登山繩保護他們免於摔下山谷。

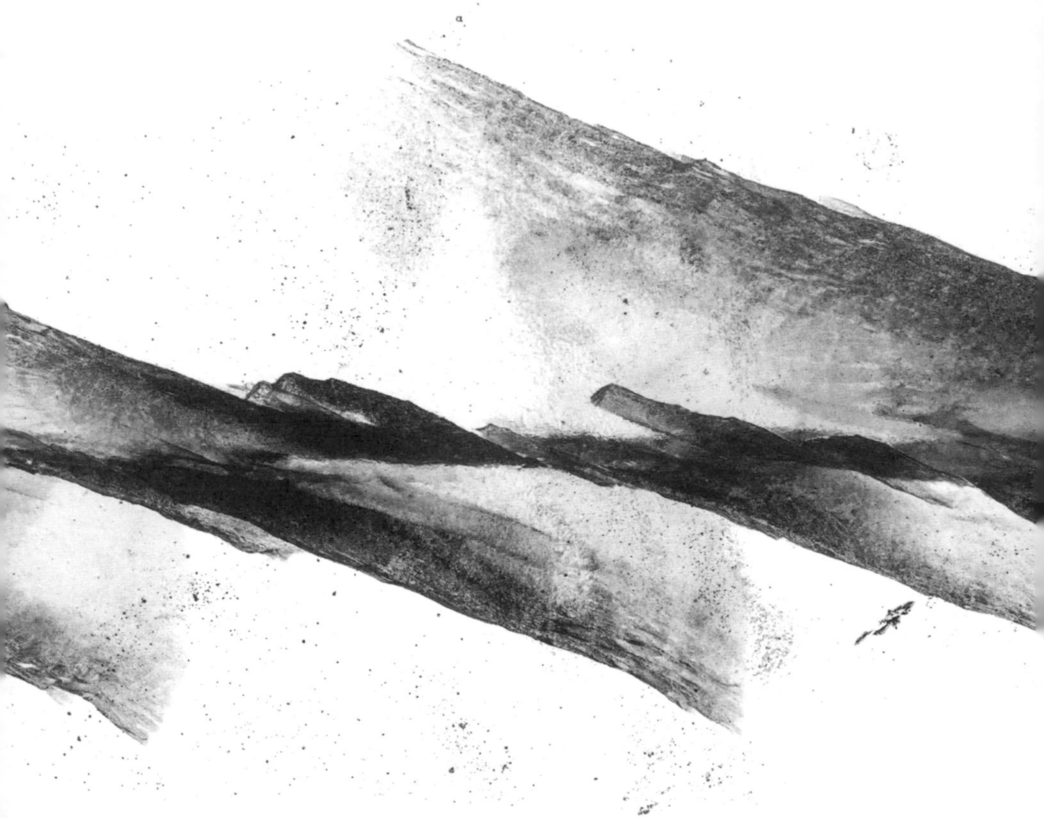

1

從基地營出發的第三天早上。

昨晚雖然睡得不太好，不過至少有了一定程度的休息。天色尚暗，山野井和妙子已經準備出發。他們煮熱水泡咖啡，並吃了小餅乾。山野井把睡袋和帳棚塞進背包，妙子則收起睡袋和瓦斯爐。

山野井把帳棚塞進專用的薄套中，感覺自己狀況還不錯。他用來測量自己疲勞度的方式之一，就是看自己收帳棚的方法：先把帳棚裝入薄套中再塞進背包，體力就沒問題，如果是直接塞進背包，那就表示累了。

準備工作結束，繼續開始攀登的時候，四周依然相當昏暗，必須點亮頭燈。

兩人在陡峭的冰雪山壁上交互領頭前進。領頭人要用裝上冰爪的登山靴踢進山壁中，做出踏腳點。第二人只要跟著踩上去就好，相對之下輕鬆不少。不過第二位之所以比較輕鬆，並不只因為領頭人做好了踏腳點而已。領頭人必須一直抬頭觀察，選擇比較安全的路線，而第二人只要看著眼前就好，精神壓力自然較低。

坡度雖然很陡，但只要用力踢，就可以踢進半個腳掌。但是，明明腿部肌肉負擔變輕了，妙子右手敲擊冰斧的動作卻越來越無力。才剛開始爬，怎麼會這麼累呢？妙子遲疑了一下，才想到原來昨天紮營的時候，她的右手都在削平台。當時妙子可是連續揮了一個小時的冰斧。

——做了一小時的土木工程，難怪右手無力。

當日天氣晴朗，萬里無雲。前天傍晚飄落的小雪，似乎不是天氣惡化的徵兆。山野井鬆了一口氣，但山頂的雲層依然令他擔心。

山野井從七千公尺的營地到七千兩百公尺高度位置，都沒有放棄當天登頂的念頭。但超過七千兩百公尺之後，他的速度就慢了下來。

山野井知道，到了七千五百公尺高度會有坡度較平緩的台地。但是要從七千三百公尺位置找到一條路線抵達七千五百公尺位置，卻是出奇的困難。

想從右上方橫越山壁，卻看到岩石從積雪中暴露出來，而且大多是表面光滑的完整岩塊。

山野井把體重放在積雪尚未脫落的地方。積雪尚未脫落，代表那裡有能夠支撐體重的小小突出物。兩個人只能用冰爪尖端勾住僅有幾公分的突出，用以支撐身體。確實是如臨深淵，如履薄冰。

對山野井夫妻來說，只要手有地方抓，腳有地方踩，就算是好幾千公尺的懸崖，也像爬梯子一樣簡單。但現在面臨的是有如溜滑梯一般的下坡，攀登起來極為費心費力。

山野井原本以為妙子會希望綁登山繩來確保彼此的安全，但妙子一直沒有要求，所以這一段沒有綁登山繩。山野井只能苦笑，心想：「妙子果然了不起。」沒綁登山繩竟然還跟得上。不對，她不只是跟得上來，領頭的時間甚至比山野井更長。一般人絕對無法這樣爬，也不敢這樣爬。一旦失去平衡，就會一口氣跌落一千五百公尺。實際上，山野井自己就曾經有一次失去平衡，好不容易才站穩腳步。

妙子認為這附近很難打岩釘做支撐點，沒有好的裂隙，找不到適合打岩釘的點。如果妙子說要用登山繩，那麼光打一支岩釘就要花上一小時。所以雖然危險，妙子還是覺得不靠登山繩會比較好。

而山野井也很驚訝自己的速度竟然會這麼慢。明明出發時的「帳棚診斷」結果還不錯，一路上卻感到異常疲憊，而且右腳的狀況很糟，影響到攀登速度。山野井的右腳溫度變低，每次踩踢都會感覺痛楚。這不禁讓他擔心起來，這樣下去是沒辦法撐到山頂的。

到了下午六點，兩人總算抵達七千五百公尺位置，這裡是比較平緩的台地。到了這一段，終於可以不用靠冰斧，用雙腳就能站立了。

看來今天只能先在這裡紮營了。

天空不知不覺間陰暗了下來。這次不只是山頂，整座格仲康峰全都覆蓋在可怕的烏雲之中。當下已看不見聖母峰，接著伴隨強烈氣流，下起了他們一直擔心著的大雪。

妙子在攀登陡峭山壁時，還算是挺快的，但是來到台地之前的一百公尺，速度卻明顯慢了許多。因為妙子無法在深深的積雪中行走太久。每踩一步，就要大喘一口氣，而空氣中的氧氣更是明顯不足。

走在前頭的山野井，在台地部分稍微遠離巨大雪簷的地方紮營。

山野井之所以選擇這個地點，是根據長年單獨登山的經驗。山野井確實想要繼續往前走，盡量靠近頂峰，但營地如果過於接近山頂，很可能會被雪崩波及沖到山下。而離山頂太遠的話，就算成功登頂，下山時遇到降雪就會發生白化現象（White Out），而找不到營地。山野井最後以東北壁的一條略高的小稜線為地標，決定了搭帳棚的位置。

妙子總算走到了山野井紮營的地方，一到就癱軟了下來，而且肚子突然不舒服，還到附近上了個廁所。妙子實在太累了，累到幾乎沒力穿上自己的羽絨衣和登山裝。她只能喘著氣，一件一件穿起來。因此，妙子也無力幫忙山野井紮營了。

看到妙子這副模樣，山野井有些生氣。他並不是氣妙子不幫忙搭帳棚，他生氣的理由是：這樣子怎麼到得了山頂呢？

山野井無論如何，衷心希望妙子能一起站上格仲康峰的頂端。

帳棚搭好之後，山野井總算脫下塑膠靴進入帳棚裡。打從山腳下的營地出發以來，他已經有四十個小時沒脫下鞋子了。

他知道自己的右腳變得冰冷。以羊毛和特殊纖維做成的內靴，原本應該吸收汗水，然後排到登山裝之外的。但因為排汗不良，汗水都結成冰了。山野井小心翼翼脫下內靴，發現連裡面的襪子也結冰了。他把襪子脫下來，看到了凍得跟蠟燭一樣白的腳趾。尤其是大拇指，白到有些可怕。很明顯的，只差一點點就要凍傷了。

是襪子沒穿好嗎？還是綁鞋帶的方式不對？是不是靴子踩踏的角度不好？

山野井讓妙子按摩腳趾，促進血液循環。但是不管怎麼按摩，都無法回到原本的健康膚色。

——是不是像妙子一樣穿上外靴會比較好呢？

妙子本來就怕冷，攀登高峰的時候總是會穿外靴。加上天生的平衡感，即使穿了也不會妨礙攀登。所以穿了外靴的妙子，雙腳安然無恙。

在奧多摩打包行李的時候，山野井曾經為了兩件事情而猶豫不決。

一是登山繩。原先決定帶一條五十公尺登山繩，他猶豫是要選七公厘直徑，還是八公厘直徑的繩索。如果是用來攀登，那麼就該選八公厘；如果只有下山才用登山繩，或許七公厘就夠了。粗的繩子強度高，相對也比較重。就算僅有幾百公克的差別，對於追求最輕裝備、最快速度的阿爾卑斯風格登山法來說，都會有很大的影響。而且繩子一粗，佔的體積就大，體積一大，感覺就比原本的重量還重。結果山野井認為只有下山才會用到登山繩，只帶了七公厘的Dyneema。Dyneema纖維雖然不是很柔軟，卻相當強韌。至於高度適應的時候，則是使用Cosmo Trek預先準備的九公厘、五十公尺登山繩。

另一個讓他猶豫的，就是外靴。

大多數攀登喜馬拉雅高峰的登山家，都會穿上外靴，而妙子更是每爬必穿。但是外靴這種東西不符合山野井的審美觀。雖然穿外靴的醜惡程度不如背氧氣鋼瓶，但他還是不希望外靴干擾到他的輕裝阿爾卑斯風登山法。而且從實際面來看，和以步行為主的正規路徑登山不同，山野井追求的自選路徑主要動作是「攀登」，所以穿了外靴會更不方便。穿上外靴之後，腳尖離山壁越來越遠，也會讓他感到不安。

因此，山野井原本是不穿外靴的。只有兩年前攀登K２的時候，他試穿過一次。當時他想，八千五百公尺以上的巨峰，寒冷程度應該跟一般八千公尺的高山大不相同吧。那時候他才知道穿了外靴有多保暖。如果這次爬格仲康峰也穿外靴，腳一定會很暖和吧。但是他認為攀登格仲康峰需要的不是暖腳，而是精密的攀登動作。再者，他也相信自己耐寒的程度超乎常人。

但真的爬上格仲康峰之後，連原因都還不清楚，山野井的右腳就已經凍住了。

稍事休息後便開始準備用餐。今天同樣拿帳棚外的雪放進炊飯盒中，用瓦斯爐加熱。在這種地方，一切都是從燒熱水開始。

今天的晚餐是乾燥炒麵。這東西的熱量相當高，也是山野井愛吃的東西。此外，還泡了海帶湯。

妙子依然沒有食慾。雖然想要攝取一點水分，但是才喝了海帶湯馬上就吐了出來。吐了又喝，喝了又吐，最後只好放棄攝取水分了。

帳棚外大雪下個不停。由於沒有起風，所以能聽到雪花掉在帳棚上的聲音。如此寧靜的夜晚，卻讓兩人有著不祥的預感。

天氣會轉壞嗎？還是明天就會放晴呢？

山野井心想，如果天氣惡化，這趟攻頂將會比預期的要更加困難。

一切都要等天亮了才知道。兩人設想明天雪會停，訂好了起床時間，也確認明天的行程。

早上從七千五百公尺的位置出發，攻上山頂，下山回到這裡收拾帳棚，回到七千公的尺位置，在該處紮營。這樣一來，後天就能回到山腳下第一天的宿營地點了……。

妙子聽著山野井的說明，只是點頭回應，因為她不確定自己明天能否站上頂峰。她的身體狀況實在太差了。

2

隔天一早，降雪不減反增。

這樣要怎麼攻頂呢？距離頂峰僅海拔四百五十公尺了。本來應該是不成問題的，但惡劣天候卻增添了變數。

以往並沒有太多在風雪中攻上八千公尺左右高峰的例子。以極地法來說，如果在最後營地碰上大雪，還可以更換攻頂成員。因為身處七千公尺以上的高地，就算多留一天，都會嚴重消耗體力。如果是阿爾卑斯風格，必須速戰速決，所以要挑選好天氣的時間帶來攻頂。如果碰上壞天氣，就只能撤退了。現在，山野井夫妻很明顯地碰上了壞天氣。

如果冷靜判斷的話，或許應該放棄攻頂吧。在這裡折返，危險性大概兩三成；但是如果攻頂，則有五成機率會碰上危險。五成，意思就是生死機率各半。

不過，山野井心中沒有折返的選項。

山野井心中有一座頂峰，即使知道自己將一去不返也要上去的頂峰。就算是馬卡魯峰西壁、賈奴峰北壁那樣困難的頂點，就算知道多踏一步都會喪命，山野井可能還是會往上爬。因為那是山野井心中的「絕對高點」。只要是「絕對高點」，他就想往上衝。不，應該說在內心深處，他想要以生命往「絕對高點」邁進。

不過從北壁登上格仲康峰，並非他的「絕對高點」。就算登頂了，也不會改寫登山史。然而站在山頂之前，山野井知道自己是相當焦慮的。他並非為了功名而焦慮，而是因為山就在眼前，渴望登上這座山的衝動令他感到焦慮。

或許他想要的是登頂瞬間的成就感吧？也不對，山野井不覺得是那樣。不是登頂的瞬間令他滿足，而是想像自己來到山頂面前的那一幕令他興奮。山頂就在不遠的前方，現在還沒到。但再一下子就要到了。在期待的心情之中，在呼嘯的狂風之中，一步一步往上走，這種亢奮是他的無價之寶。

如果在七千五百公尺的位置返回基地營，就不可能挑戰第二次了。因為已經沒有多餘的體力了。在這裡折返，便代表這次攀登格仲康峰的行動到此為止。

另一方面，妙子同樣不想在這裡放棄。她覺得或許可以等雪停了再出發。如果眼前是直達山頂的陡峭坡面，就算視野不佳，也不會搞錯方向。但是要走過眼前這段台地，就很可能迷路。所以妙子對山野井提出了自己的想法。

「先等一下看看吧?」

山野井同意等一等,觀察情況。所以兩人重新回到睡袋裡,等待天氣變化。可惜,天亮了,天氣依然沒有好轉。降雪依然嚴重。

已經早上八點了。若想當天攻頂,然後下來收拾帳棚,回到七千公尺的位置,此刻是最後的出發時刻了。或許可以再多等一天,看看隔天情況如何。但是兩人認為在這種高度下度過一天,只會得到更疲憊的身體和更糟的天氣罷了。

距離山頂只剩海拔四百五十公尺,但上面的陡峭山壁幾乎只能用雙斧法來攀登。根據以往的經驗,不管情況多惡劣,只要加快步調,應該是可以用四個小時登頂的。這樣一來,中午就能登上山頂。往上爬要四小時的話,下山則只要一個半小時。也就是說下午一點半到兩點可以回到帳棚。這樣,天黑之前還有五個小時可用。只要有五個小時,之前的困難山壁應該可以下降個五百公尺吧。剛好在七千公尺的位置紮營。

山野井決定立刻出發。他把登山繩、攀登工具、兩人份的預備手套、頭燈、鋰電池都裝進背包;妙子脖子上則掛著一台相機,一切準備就緒。

一出帳棚,兩人立刻戴上護目鏡。風雪吹打著他們的臉,積雪也已經高過了膝蓋。山野井領頭踩雪前進,橫著穿越台地的緩和坡面,往直達山頂的陡坡邁進。但這時候妙子已經追不上了。明明已經開了路,妙子的速度卻慢到難以置信,彷彿之前攀登垂直山壁的力氣是跟某人借來的一樣。原來在坡度平緩的地方，必須靠下半身來移動身體，而這對妙子來說是非常辛苦的。

妙子感到噁心、暈眩。她已經不是單純的頭暈，而是會突然停下腳步，蹲在雪地上，然後才吃力地站起身來。

至於領頭踩雪前進的山野井，狀況也不是很好，不過還是跟妙子拉開了距離。走了三百公尺之後，眼前是大約七十度的峭壁。

山野井靠著冰斧和冰鎚的雙斧攀登法往上爬了七八十公尺，突然聽到底下傳來一個聲音。

「泰史！」

他回頭一看，發現妙子在山壁前方二三十公尺的地方，站著不動。當他想看清楚情況時，妙子又大喊：

「我狀況太差，先回帳棚去了！」

妙子知道以她目前的狀況是沒辦法登頂的，萬一在陡峭山坡上頭暈，就會摔落谷底。

「我知道了！」

山野井的回答很簡短。接著又加了一句：

「我會爬上山頂的！」

話才出口，山野井突然想到相機還在妙子身上，如果沒有相機，即使登上山頂也沒有證據。他不知道該怎麼辦，因為以他目前的體力沒辦法先爬下山壁，拿了相機再繼續攻頂。看來只好放棄相機直接登頂了。就算被人質疑，山野井也不在意。畢竟他們沒有贊助商，也沒有打算對媒體發表。登山只是為了自己而已。

只要自己知道自己登頂就可以了。當然，山野井想過在幾十年之後，可以有一份讓自己回憶的登山紀錄。但最近連這個想法也淡去了，所以山野井就放棄了相機。

這時，他突然想起多摩・雪生的事情。

一九九〇年，雪生以阿爾卑斯風格登山法，獨自征服了固若金湯的洛子峰南壁，一舉成為登山界的英雄。但是登頂之後的第三年，有人發現雪生公佈的洛子峰攀登照片，其實是其他人幫忙拍攝的，結果連他登頂的事實也遭到懷疑。當時他沒有拍下登頂的照片，就已經很不自然了，但是登山界有一條不成文的規定：「要相信登山家」，所以也沒人責怪他。只是這件事情爆發之後，雪生在一九八九年登上賈奴峰北壁的事情也開始受到懷疑。當時，雪生也沒有拍下登頂照片。

山野井在一九九〇年冬天攀登菲茨羅伊峰之後，之所以想要挑戰喜馬拉雅群峰，主要原因是雪生單人直接登上賈奴峰北壁的偉大成就。他也希望達成像雪生那樣偉大的成就。

他一直期望雪生能夠再次登山。他認為有雪生攀上賈奴峰北壁這樣的成就，才能不斷開拓登山的可能性。

但是，現在山野井開始懷疑雪生可能並沒有登上洛子峰南壁。就像體操，只要有人研發出月面空翻（Moonsault）這種高難度技巧，馬上會有選手學會。登山也一樣，一座山只要有人率先爬上去，就會有人接二連三的上去。但是洛子峰南壁除了雪生之外，至今卻沒有一個登山家可以單人挑戰成功。難道是雪生的登山技巧太過傑出了？應該不是。月面空翻再怎麼難，一旦有人「看到」，就有人能模仿。而雪生單人征服洛子峰南壁，只要後進登山家真的「看到」，一定也會追隨他的腳步才是。可是包含山野井在內，沒有一個人「看過」雪生征服洛子峰南壁的證據。所以缺乏真實感。

而最大的證據，就是他親筆撰寫的《孤獨之山》。先不論文章好壞，書中絲毫感受不到登山家實際攀登洛子峰的氛圍。不只是洛子峰南壁如此，書中攀登賈奴峰北壁的章節也一樣。文章斷斷續續，東拼西湊，給人一種加工的印象。

如果眼前不是格仲康峰北壁，而是賈奴峰北壁的話，山野井應該說什麼也要回頭去拿相機的。但如果拿相機與登頂只能二選一，他應該還是會選擇登頂吧。

山野井攀爬著峭壁，心中突然感到莫名的悽涼。他真的很想讓妙子登上這座好山，登上這個好頂峰。上次為了讓妙子爬好山而去挑戰馬那蘇魯峰的西北壁，碰上雪崩而沒能成功。這次挑戰格仲康峰北壁，仍是以失敗收場，實在令他難過。

再往上爬了一點，山野井想起自己的背包裡還放著妙子的備用手套。這竟味著他正背著如今毫無意義的東西。這又加深了他的悲傷。

不過山野井之後會了解，妙子當時的決定拯救了他們兩人。不在登頂時耗盡體力，先回到帳棚中養精蓄銳的妙子，將在第二天嚴苛的下山行動中，發揮比山野井更強的力量。

氧氣越來越稀薄了。每踢一次雪，腳尖就傳來一陣劇痛。山野井心想如果繼續往上爬，或許回去得切掉一兩隻腳趾吧？

山野井帶了光脈式血氧濃度計（Pulse Oximeter），是可以檢查血液中氧氣濃度的簡單裝置。平時的血氧濃度大概是百分之百或百分之九十九，但現在山野井把裝置夾在手指上一測，竟然不到五成，只有百分之四十而已。他感覺到每往山頂踏出一步，血氧濃度就要更少掉百分之一。

抬頭看看山頂，不僅下著大雪，還伴隨著強烈西風的雲海流移，有時還可以看見藍天。一切是那樣的美麗。

山野井希望盡快登上頂峰。然而眼前的光景如此甜美，讓他流連忘返。

這時候的山野井已經忘了妙子，成為一雙從天堂俯瞰自己的眼睛。他可以清楚地看見自己一個人，往山頂爬上去的英姿。

他想起知名車手艾爾頓・洗拿（Ayrton Senna）曾經說過，在時速三百公里的車速下，曾經有一瞬間能看見一公分大小的東西。山野井覺得自己此刻就處在那個狀態。全身感官能力完全發揮，透明清澈，外界的一切瞬間湧入腦中。即使雪花被強風撕裂為煙塵，在他眼裡可是粒粒清晰可見。他知道這樣很好，他的狀態真的很好。

他可以看見山頂的岩峰（pinnacle）了。往岩峰走過去，坡度慢慢減緩，即將到達真正的山頂了。站上山頂之後，天氣已經完全放晴，可以看見下面雪白的格仲康冰河。

來到八千公尺的高海拔位置，大氣的顏色明顯不同。以七千公尺為界，可以用肉眼看到大氣的層次分明，空氣的品質也有所不同。

往基地營的方向看去，雖然不能清楚看見帳棚，但是還能分辨周圍的地形。那裡也是雪白一片，似乎前天晚上降下了少見的大雪。山野井覺得自己離那雪白的基地營有千里之遙。

而當下，他感覺到強烈的疲勞。

——這次真的太勉強了。

然後他又閃過一個念頭。

——我還能活著回去嗎？

山野井在山頂待了一段時間，靜靜地環顧四周。往卓奧友峰的方位可以看見幾個相連的頂峰，但是他分不出來哪一座才是自己爬過的卓奥友峰。

我爬上了一座好山啊，山野井對自己說。格仲康峰的難度，遠比他登過的K2要難上許多。

如果是以前的山野井，會放下背包開始拍照，但這次沒有相機，所以也不用拍了。

西風越來越強，差不多該下山了。

要從之前爬上來的路線下山，是太陡了一些。山野井打算繞個遠路，從比較和緩的地方下山。

頭朝上而往下爬，叫做下攀。可以使用手腳爬下岩壁，也可利用雙斧爬下冰雪壁。山野井抓著冰斧和冰鎚的頭，用握柄當手杖，插著冰雪移動，以動物的姿態往下爬。

登山有上就有下，爬上去了就一定要下來，但下山的樂趣其實比攀登要來得少。因為攀登的時候還可以應付接連而來的驚奇與挑戰，而下山只剩下緊張感而已。除了體力降低之外，下山基本上也比上山要困難。攀登八千公尺高峰遇難的案例，大多發生在登頂之後下山的途中，就是這個原因。

風雪相當強烈，視野幾乎為零，已經到了白化現象的狀態。

山野井爬下陡峭的坡面，來到平緩的台地區。但是降雪太快，自己攀登時的腳印已經消失，這表示他無法輕易地回到帳棚去了。況且他的體力消耗程度也超乎預期。走沒兩步就彎腰駝背，是狀況真的太差了嗎？或是感冒還沒好？先不管這些，還是快點找到帳棚吧。

「妙子！」

山野井放聲大叫，聲音卻消失在風中，沒有回應。

「妙子！妙子！」

別說基地營，現在山野井連妙子身處的帳棚都覺得遙遠。護目鏡前面什麼都看不到。我真的是往帳棚走去嗎？山野井開始懷疑，他想找出紮營的時候用來做地標的稜線。就算走過頭了，只要感覺自己稍稍在往上走，至少就知道那裡是稜線了。

山野井邊爬邊走，邊休息邊走，終於在風雪中看見黃色的帳棚。他心想，總算得救了。

在山頂峭壁前撤退的妙子，回到帳棚中就先躺下休息了一會。她鑽進睡袋裡，搞不清楚是醒著還是在作夢，過了一陣子便起來煮熱水。妙子幾乎不想喝一滴水，這是為山野井準備的。同時，她也攤開了山野井的濕冷睡袋，想把它晾乾些。

登上山頂之後再回到帳棚，應該是兩點半或三點吧？妙子這麼想，所以從兩點半開始，就不時探出頭去看看情況，卻總看不見山野井的身影。

——難道發生什麼事情了嗎？

妙子並不是很擔心。她相信山野井一定會回來的。

過了下午三點，妙子聽到帳棚外有人在叫她的名字。打開帳棚一看，原來是精疲力盡的山野井。

山野井走進帳棚的時候累得倒下，連自己脫鞋子的力氣都沒有了。

妙子大吃一驚，同時也知道今天這樣是不可能拆帳棚下到七千公尺的位置了。原本擔心自己沒體力拆帳棚下山的妙子，看見山野井也精疲力盡，不禁鬆了一口氣。

相反地，山野井看見妙子精神不錯，這讓他鬆了一口氣。妙子的眼神相當有活力，正是體力恢復的證據。

妙子用瓦斯爐煮了熱水，跟昨天一樣泡了一份速食炒麵。山野井吃了，但妙子還是毫無食慾。她喝了些淡淡的咖啡，卻馬上又吐了出來。接著她勉強又喝了幾口，結果胃部受到刺激，甚至吐出胃酸來。

山野井的右腳情況更糟，現在不只是白色，已經發紫了。要是攀登就此結束的話，或許還有恢復的機會。而實際上，眼前還必須下山才行。山野井看著自己發紫的右腳，心想明天的下山行動肯定困難重重了。

問題還不僅止於腳。不知為何，山野井腦海中不像往常般能夠浮現下山的流程，看來腦力跟體力都消耗得很嚴重。

即使如此，山野井仍未失去鬥志。

現在正被惡劣天氣困在喜馬拉雅的高峰上。接下來，比攀登更困難的是要下降一千六百公尺。此時腳的情況已糟到不行。若是一般人在這種狀況下應該會陷入恐慌吧。但是山野井有信心，他可以克服這些危機。

妙子應該也很不安，但她表現出來的樣子卻比山野井更冷靜。山野井對當下的妙子有著無法動搖的信任感。以前山野井曾經對朋友講過一個笑話，說妙子就算在醫院聽到醫師說她得了癌症，也只會說聲：「這樣啊。」然後搭車回家，而且還會在車上計算自己的保險金，再想想晚餐要煮些什麼。山野井從未看過妙子驚慌失措的模樣。

——我們兩人都沒有恐慌，真是一對了不起的夫妻啊。

山野井佩服自己和妙子，就像佩服某個了不起的人一樣。

3

隔天早上，降雪依然沒有停止的跡象，能見度仍然相當差。

從以往的經驗來看，雨季之後的喜馬拉雅山，壞天氣是不會持續太久的。天氣變壞也只會持續一兩天，很少超過三天。所以山野井本來樂觀的認為登頂結束之後，只要等天氣好轉就好。但現在他確信自己是被壞天氣給困住了。

而且，山野井右腳的凍傷又更加惡化了。他已經有心理準備，這樣是不能用力踢山壁的。雖然下山變得更加困難，但是留在七千五百公尺的高處，體力只會不停流失。

兩人收拾好帳棚，要開始下降時，山野井對妙子說：

「妳走前面吧，我腳痛得踢不動了。」

就算他沒開口，妙子也打算領頭的。

山野井為了領頭以雙斧下降的妙子著想，有時候會指示她再下去一些，有時候會叫她橫著爬比較好，而此刻山野井覺得自己就像靠著妙子的力量下山一樣。因為他知道妙子每次都會多踢一兩下，為自己做出更大的踏腳點。

途中山野井擔心發生危險，打算拿出登山繩。與其說是擔心妙子，還不如說是擔心他當時的情況。

他們在三個地方打了岩釘，以登山繩確保彼此的安全。

——妙子看起來輕鬆多了。

山野井在下降途中，注意到這個事實。

妙子從山腳下一路走來，幾乎滴水未進，更不用說進食，竟然還這麼有力量，確實讓山野井頗為吃驚。若是一般人早就動彈不得了，妙子卻還帶著山野井往下爬。

一個女登山家竟然有如此的體力，任何人都會難以置信的。畢竟就連那位克提卡，也不相信妙子竟如此強壯。

當初山野井夫婦和克提卡三人挑戰拉托克一號峰失敗，要改登畢亞撒拉希塔峰時，克提卡就不讓妙子領頭。山野井知道妙子的體力足以領頭，但是克提卡依然不相信，就因為妙子是女性，況且還因為凍傷而失去了手指。

妙子的強韌或許跟「血緣」有關係吧。妙子的雙親代代務農，每天在田野中工作，養成了強健的身體。妙子十分感謝父母給了她這樣強壯的體魄。

山野井只能苦笑著認同這一點了。

妙子的家人曾來過東京，在奧多摩的山野井家過夜，結果才凌晨四點，他們就已經在客廳裡活動起來了。明明是到女兒家做客，睡晚一點也沒關係，但是老習慣就是改不掉。他們還會以責備的眼光瞪著八點才起床的山野井，因為妙子也是早睡早起一族。

當然，光靠農家血統是不會有這種好體力的。

妙子高中時代加入籃球隊和後來在高山研究所每天訓練的日子，應該也幫了不少忙。和山野井一起生活之後，也常常一起跑步。不過山野井認為妙子強壯的最大原因，是她堅強的意志力。她喜愛爬山的心意從未動搖，妙子只要能夠快樂的爬山，不管多大的痛苦，她都能夠忍受。

兩個人繼續下降。

或許在攀登的時候就已預見這種情況，知道自己會疲憊不堪，但是下降時體力不足，依然讓兩人相當緊張。下山之所以辛苦，就在於沒有新鮮事，只有緊張感。

但是妙子在陡峭的地方，力量反而更強。原本妙子就不怕攀登陡坡，而下山有重力幫忙，更是輕鬆。

妙子先下降到七千兩百公尺的地點，在登頂前兩人曾經考慮過在這裡紮營的可能性。那裡是一段岩帶（Rock Band）的正下方。

當時已經黃昏了，先抵達七千兩百公尺的妙子開始找地方搭帳棚。之前從下往上看時，還以為有地方可以搭帳棚，現在卻找不到適合的營地。沒有營地就要動手削雪，但是只削了幾公分就碰到岩石了。

好不容易跟上的山野井，在七八十公分左右的突出岩點上，把身上的六支岩釘全都打了下去。這六支岩釘必須綁上繩索連接身體，避免失足摔落。

最後妙子好不容易才削出十公分寬的平面，兩個人只能坐在這不算露台的露台上過夜。如果七八公分寬度是平坦的也就罷了，但是這裡只能削出往山下傾斜的面，要是滑下山去肯定必死無疑。

他們就像兩隻鳥，停在懸崖邊的枯枝上。

過去可能沒有人在七千公尺以上的高處，以這樣嚴苛的條件宿營吧。要說有類似的例子，大概就是指克提卡和奧地利人羅伯特・蕭爾（Robert Schauer）在迦舒布魯四號峰宿營了。當初這兩人必須在山壁上宿營，只能在狹小的岩石平台上站著等到天亮。

「當初你們兩個人分開站，要怎麼吃飯呢？」

妙子曾經問過克提卡這個問題，他笑著回答：

「最後沒事就好啦，No Problem！」

相較之下，山野井夫妻有地方可以坐，就算是不錯了。

不過與其說是坐著，不如說是被繩子給吊著。在空中擺盪的雙腳似乎開始淤血，凍傷也在惡化中。

凍傷的原因很多，現在這些原因正交互產生作用，對山野井造成傷害。低溫、強風、濕冷的手套與襪子、綁緊的袖子造成血流不順，而且還要接觸冰冷的金屬。這些原因會讓血液無法達到軀幹末梢，造成組織壞死。

開始攀登的第一個晚上，如果有把冰冷的襪子和內靴弄乾，或是給腳做按摩，應該就不會這麼嚴重了。但是切削五十公分的平台已經讓妙子精疲力盡，狹小的帳棚內根本無法脫鞋子。而今天下山途中的宿營，別說是脫鞋子，連鬆開鞋帶或是拆下冰爪都沒辦法。萬一冰爪在這裡掉了，那就不可能下得了山，也代表自己將會命喪於此。

山野井從背包中拿出帳棚來抵擋低溫與強風。帳棚是袋狀的，可以從出入口套住兩人的身體。

但是這麼做，只能稍微抵抗零下三四十度的低溫。

他們聽見遠方傳來雪崩的聲音。之前並不覺得雪崩聽起來有什麼大不了，但自從在馬那蘇魯峰碰上雪崩之後，那種聲音聽起來讓他們打從心裡難過。

妙子包在帳棚裡面，從背包中取出瓦斯爐和炊飯盒。山野井接過炊飯盒，把手伸出帳棚，挖了些雪放入盒中。然後山野井把炊飯盒放在大腿上的瓦斯爐上，點起火，抱著瓦斯爐燒熱水。他用熱水泡了半杯咖啡來喝，妙子則勉強喝了一口。

將用完的瓦斯爐和炊飯盒收進背包之後，什麼事也不能做，就只能等天亮了。

正當此時，頭頂突然傳來巨大的聲響。聲響伴隨著微微的地震快速接近。

——是雪崩！

兩人嚇得說不出話，全身僵硬。山野井瞬間回想起在馬那蘇魯峰被雪崩活埋的痛苦景象。

——來了！

聽到聲音的幾秒鐘之後，他們立即受到劇烈的衝擊。雪塊不斷打在他們頭上，他們甚至以為自己的脖子會被打斷。身上包的帳棚差點從平台上滑落，還好登山繩保護他們免於摔下山谷。山野井打的岩釘確實發揮了功效。

雪塊逐漸往山下滾去，山野井先確認兩人都還活著，喘了一口氣後對妙子說：

「沒事吧？」

「我沒事。」

兩人雖然全身都是灌進帳棚的雪塊，幸好沒有受傷。

「看來這裡也不太安全呢。」

妙子這麼說。原本以為頭上稍微突出的岩石可以保護他們，結果證明一點用處都沒有。妙子並不覺得情況有多麼糟糕。因為她不是孤單一人，有山野井在她身邊。有一個判斷絕對正確的人在她身邊，即使遇上雪崩，她也毫無畏懼。

「我去檢查岩釘。」

山野井點亮頭燈，爬上打岩釘的位置，用冰鎚把所有岩釘都重新打過了一次。打完之後鑽進帳棚，總算可以休息一下了。

這時候，他們頭頂上又傳來有如大卡車引擎運轉的聲音。這代表雪崩又來了。山野井這次叫了出來。

「把身體貼在山壁上！」

人類一遇到危險，就會想把身體縮成一團。但是雪崩時如果把身體縮起來，就等於用全身去承受雪崩的衝擊。所以這時候最好把身體盡量平貼於山壁上，讓雪從身上滑過去。但即使這麼做，還是要承受相當大的雪崩衝擊。

雪崩並未就此結束。之後又來了第三、第四次的雪崩。

「別把體重全撐在岩釘上，很危險的。」

山野井說。

「我知道。」

雖然這麼說，妙子的姿勢卻相當辛苦。罩著的帳棚布料往下拉扯著臀部，又緊緊壓住頭部，這個狀況讓脖子彎曲，身體也打不直。全身體重只能撐在不到十公分的小平台上。這全都是為了不讓登山繩負擔所有的重量。

「脖子好難過喔。」

妙子這麼說，山野井完全束手無策。只能把「我也很難過，忍著點吧。」這種話往肚子裡吞。

如果現在來場更大的雪崩，岩釘應該就撐不住了吧？這樣一來，兩人就會包在帳棚裡，隨著雪崩被沖下一千三百公尺之多。想到這一點就令人窒息。畢竟身體自由的話還可能有救，但是包在帳棚裡，滾下去可是很痛苦的。

不過從某方面來說，連續的小雪崩反而符合他們的期望。多次的小雪崩可以分散雪崩的能量，或許可以防止更大的雪崩。

在如此艱苦的環境之下，兩人並沒有求神拜佛。面對強大自然力量，山野井心中只有一個祈求，那就是希望雪崩別把他們兩個渺小的人類給打下去。

兩人擔心著不知何時會發生大雪崩，一邊靜靜等待天明。

無論怎麼呼喊，妙子都沒回應。
是生？是死？還是跌落的時候撞到頭，失去意識了？山野井拚命拉著繩索，想給妙子一些刺激。

第七章　下降

1

透過包住全身的黃色帳棚布料，可以看見外面已經稍微亮起來了。兩人全身肌肉冰冷僵硬，甚至覺得動一動就會發出聲音來。

現在降雪已經變小，但之前降的雪無疑是很容易引起雪崩的。走原先攀登上來的路線下降的話有可能遇上雪崩，因此兩人放棄之前繞過一大段懸岩地帶的路線，決定直接下降到六千七百公尺左右的岩溝起點。他們在攀登時就想過，萬一出了什麼問題，就走這條路線。現在問題確實發生了。

——今天就是關鍵。

山野井對自己這麼說。

在七千公尺以上的環境，連續幾天處於缺氧狀態下是很危險的。兩三天還可以接受，但今天已經是第五天了。

無論如何，今天得回到冰河上才行。如果下不去就有大麻煩了。因為整條路線上都是懸崖峭壁，根本沒有可以紮營的地方。

這時候，心中雖然擔心能不能夠成功下降，但更期待的是能否躺著睡一覺。

兩人一邊做支撐點，以登山繩確保彼此安全，一邊往下爬。

在攀岩吊帶上掛了鉤環，兩人再將登山繩前端綁在鉤環上。繩結打法有很多種，撐人結、漁人結，而山野井夫妻最喜歡的還是8字結。

在下降途中，妙子還是遊刃有餘的。

領頭下降的雖然是山野井，但下降時領頭的反而比較輕鬆。後面那個人不只要負責回收支撐用的岩釘，要是不慎摔落，還會一口氣掉下登山繩的兩倍長度，也就是一百公尺。

當時，是由遠比妙子更擅長做支撐點的山野井負責打岩釘。

不知不覺間，天氣放晴了，可以看見腳下雪白的冰河。而他們原本攀登的路線上，則不時發生大規模雪崩。崩落的雪塊在陽光照射下反射出閃耀的美麗光芒，很美的雪崩。山野井的心情很愉快。除了景色相當壯觀之外，也是因為心中的一個想法。

——還好我們選對路線了。

當然，對山野井來說，「我們選的」就等於是「我選的」。

路線上的岩石有些脆弱，要做紮實的支撐點需要不少時間。光是下降與做支撐點的六段繩距（Pitch），就已經花掉上午到下午的大半時間了。

現在是第七段繩距。這裡的坡度更加陡峭，還有幾乎接近垂直的部分。這裡無法使用手腳攀爬下降，所以他們打算垂降。

「懸掛」這個詞，基本上就是「垂直吊掛而下」的意思。這和吊單槓是不一樣的。登山中的垂降，必須拉著垂直吊掛的繩子往下爬。

山野井為了準備下一段的垂降，在新的支撐點上做了一個小繩環以確保自己的安全。原本應該直接把繩索綁在岩釘上的，但是打成繩環，下一步動作會比較快。

妙子一邊回收上面用完的支撐岩釘，一邊小心下降。山野井抬頭一看，妙子的鞋底感覺越來越大了。大概再三、四公尺就會到自己這邊來了吧。這樣陡峭的山壁，要在哪裡讓她過來呢?山野井這麼想，便將視線從上往下看。

就在這一剎那，頭頂響起有如飢餓時肚子所發出的聲響，大量雪塊掉在他的頭頂上。雪崩來了。雪崩落在他們身上了。

山野井一邊承受撞在身上的雪塊，一邊拚命大喊：

「我會拉住妳的！」

但是，連著妙子的登山繩卻無情地從山野井指尖快速滑過。

最後，繩索筆直地停住了。這表示妙子已經掉落了五十公尺以上。

現在，山野井的右腳勾在登山繩上，整個人頭下腳上。他的身體掛在新支撐點的繩環底下，而繩環沒有穿過岩釘上的鐵圈，就直接套在身體上。妙子的體重全都落在山野井的攀岩吊帶上，而他與支撐點之間的繩環也緊繃得就像要斷了一樣。

山野井水平地掛在山壁上，先解開纏住右腳的登山繩，調整好姿勢，然後打算用繩索把妙子拉起來。但是繩索一動也不動，山野井完全無法動彈。

他之所以無法動彈，是因為剛才為了加快垂降的速度，並沒有將繩索穿過岩釘上的鐵圈，只用繩環套住自己。這同時也說明了一個很重要的事實：當妙子摔落的時候，兩個人的體重同時落在這一個支撐點上，岩釘可能會承受不了重量而脫落，而登山繩也可能因太過緊繃而斷裂。幸好妙子的登山繩是綁在山野井身上，因此成為一個緩衝段，吸收了一部分的衝擊。

山野井往繩索的另一頭大喊：

「妙子！」

底下是懸崖峭壁，還有些許的突出。他看不到底下妙子的情況。

「妙子！」

無論怎麼呼喊，妙子都沒有回應。是生？是死？還是跌落的時候撞到頭，失去意識了？山野井拚命拉著繩索，想要給妙子一些刺激。心想或許這樣可以讓她恢復意識。但是繩索撐在突出的岩石上，一動也不動。

妙子可能已經死了。山野井被繩環和攀岩吊帶上下同時拉住，無法動彈，如果妙子已經不在人世，他必須切斷下面的登山繩，但山野井不能從手邊切斷繩索。如果從手邊切斷，妙子的屍體就會摔落在冰河上，這也意味山野井將失去登山繩。沒有了登山繩，是沒辦法下山的。

山野井的腦海中充滿了複雜的思緒。

萬一妙子死了，也必須留下登山繩。但是山野井沒辦法往下爬，從妙子的屍體那邊切斷登山繩。因為在這種狀態下，他是不可能鬆開繩索的。現在只有一個方法，那就是先做出另外一個繩環，把妙子的登山繩掛在岩釘上。這需要相當高超的技術，但山野井有自信辦得到。確實綁緊之後，他就可以切斷自己攀岩吊帶上的繩索。這樣一來，妙子的體重會掉在支撐點上，使山野井能夠自由活動。接下來，他就要爬到妙子身邊，如果妙子已經喪命，就從她身邊切斷登山繩。妙子的屍體雖然會掉落到冰河之中，但登山繩還可以留著。最後把切斷的登山繩綁在自己的攀岩吊帶上，爬回上面的支撐點。這樣就可以用兩條登山繩往下爬……。

山野井在心中做模擬，確認自己在這個危機之中，還是可以應付最糟的情況，然後又拉了幾下登山繩。

妙子在被雪崩沖下山壁的途中，腦袋裡有一個想法。

——我就要這樣死了嗎？

冷靜地想一想，就算死，這樣下去應該也不會死得太痛苦吧，畢竟一摔就是一千公尺高。在還沒著地之前她早就失去意識了。

但是滑落的過程只有幾秒鐘而已。這幾秒鐘彷彿幾世紀，最後還是隨著一股從上方傳來的強烈拉扯，而停住了身體。等到回過神來，妙子發現自己是倒懸在空中的。登山繩從稍微突出的岩石邊緣往下垂，把她掛在半空中。她完全構不到任何東西，死命掙扎了大概十分鐘之久，總算恢復正常姿勢。

妙子鬆了一口氣，抬頭往上一看，不由得煩惱起來。因為登山繩似乎快被岩石邊緣給切斷了。登山繩的黃色外皮已經剝落，中間的白色繩芯也岌岌可危。妙子知道，山野井一定會從上面拚命的拉繩子。

「別拉啊！」

妙子放聲大喊，但是聲音似乎沒有傳過去。強風吞沒了她的喊叫聲。

再拉下去的話，繩子遲早會斷。繩子一斷，就會像剛才想像的一樣摔落上千公尺，必死無疑。

妙子有個很大的優點，就是無論身處何種險境，都不會驚慌失措。當下妙子便做出判斷，在她右手邊兩公尺遠的地方有塊相當堅硬的雪牆，想辦法攀到上面就對了。

她不抬頭，讓自己像鐘擺一樣搖晃。這麼做可能會讓繩子斷得更快，但是也沒有其他方法可試，只能放手一搏了。

妙子晃了幾次之後，右腳總算勾到雪牆上。她馬上用冰斧和冰鎚打進雪牆，然後成功把左腳踩在山壁上。妙子整個人貼在山壁上，幸好那裡還不算垂直，大約七十度而已，不用耗費太多腕力就可以站住腳。

「別拉繩子啊！」

妙子一邊大喊，一邊用單手從鉤環上直接拉掉8字結。幸好鉤環是簡單的按壓開關式，而不是螺栓式的安全鉤環。要是螺栓式鉤環，那麼，雪崩時被沖掉單手羽絨手套的妙子，是無法用凍僵的手打開鉤環的。此外，山野井再拉下去，繩子也遲早會斷掉。

繩索的一端鬆開了，上面只要一拉便可順利地往上走。妙子心想山野井看到那繩結，應該就會明白吧。

山野井手裡的登山繩突然沒了重量，讓他吃了一驚。

——糟糕，繩子斷了嗎？

如果繩子斷了，妙子就會摔下去，摔下去，就是死路一條。

但是當他把繩子拉起來之後，末端只剩下一個完好的8字結。這麼說來，繩索不是斷裂，而是鬆脫了。山野井知道妙子用的不是螺栓式的安全鉤環。按壓式的鉤環，有可能會突然鬆開。妙子的鉤環可能是鬆開了也不一定。可是，不對，他馬上想到，有著妙子的體重，鉤環是不會突然鬆開的。所以，並不是鎖鬆開了，而是妙子自己拆開的。這樣看來，妙子一定還活著。既然鬆開了繩結，可能是下到了可以用手攀爬的地方。之前山野井就目測過，只要再一、兩段繩距就可以抵達坡度較緩的地方，而妙子一定是在那裡。若是這樣，接下來就不需要登山繩，可以用雙斧往下爬了。山野井的心中充滿希望。

——太好了，這樣就可以丟掉登山繩了。

山野井開始沿著繩子往妙子的位置移動。

2

妙子攀在山壁上等待山野井的救援，此時天色慢慢暗了下來。她從背包裡拿出頭燈點亮起來。這時她才發現額頭上有血跡，應該是摔落的時候撞到岩石受傷的吧。妙子試著活動身體的每個部分，看來似乎沒有骨折，運氣還算不錯。如果骨折的話，就沒辦法下山了，即使有山野井幫忙也不可能。

天寒地凍的天氣，讓妙子感覺不到傷口的疼痛。不過妙子是個很神奇的人，只要是去登山，即使碰出了流血的傷口也不覺得痛。

十幾年前，她在鹿島槍岳天狗尾根發生壓迫性骨折的時候也是這樣。當時妙子攀登冰壁，從五十公尺高的地方跌落瀑布之中，結果還是保住了性命。當她覺得自己命很硬，想站起來的時候，才發現使不上力。應該是哪裡骨折了吧？後來才知道那是腰椎骨折的重傷，當時妙子卻一點都不覺得痛。但在救難直昇機救出妙子，準備降落停機坪的時候，她全身包著毛毯從鐵梯上一階一階滑下來，確實是挺痛的。

雖然額頭不覺得痛，但眼前卻越來越昏暗了。原本以為是天色的關係，但很明顯的是眼睛快看不見了。是因為撞傷的時候衝擊太過強烈嗎？只要等山野井下來，他應該會幫我處理這個問題吧。

妙子等了又等，終於從頭上傳來山野井的聲音。

「妙子！」

妙子往聲音的方向轉過身去，從她頭頂射來一道頭燈的光線。

「我在這裡啊！」

妙子這麼說。

「沒事吧？」

「我沒事。」

「那裡情況怎樣？」

山野井問道。

「是山壁。」

「夠穩定嗎？」

「往下又是峭壁了。」

「沒那種事，妳仔細看看。」

「是真的，接近垂直啊。」

「妳往旁邊過去看一下吧。」

妙子在等待山野井的時候，為了判斷情況，把週遭地形觀察得很清楚，不會有錯的。

「先用登山繩垂降到這裡來吧。」

妙子對他說。

山野井很不想接受這個事實。他希望無論如何都要在今天下降到冰河上。但就像妙子所說的，下面依然需要垂降。這裡還不能拋棄登山繩。

所以他只好回到支撐點，收回登山繩。

這一段路爬起來可不輕鬆。如果不是單人登山家，可能就爬不上去了。每往上爬兩、三公尺，就要用雙手重新將登山繩綁在攀岩吊帶的8字環上，確保安全。不這麼做的話，手一滑，先前爬上去的部分就全都白費了。

8字環正如其名，是個巴掌大小的8字形金屬器具。把登山繩繞在8字的上半部，然後讓繩索通過下半部的同一個圓孔往兩邊拉，就會產生極大的摩擦力，拉也拉不動。8字環就是利用這個原理，大多作為下降器使用，有時候也當作確保器。

山野井在途中再次遭到雪崩襲擊。還好有重新綁好8字環才沒有掉下去，但這次把護目鏡給打掉了。值得慶幸的是，頭燈還在。

外套鬆開了，雪塊跑進羽絨衣裡面，把衣服塞得滿滿的。

妙子也同樣受到雪崩的攻擊，幸好有正上方稍微突出的岩石保護她，讓她能夠攀在山壁上。

山野井好不容易來到一開始被雪崩擊落的支撐點，這五十公尺的艱苦攀登，幾乎耗盡了他所有的體力。接下來還要面對更辛苦的垂降。如果只是普通的垂降還不成問題，但在這種狀況下必須不斷做支撐點，這種垂降是相當困難的。

垂降必須把登山繩對折。在往下爬的時候，上面不會有人幫忙鬆開繩索。所以要將繩索對折，爬下去之後抓住其中一邊，慢慢把繩子拉回來。因此使用五十公尺的登山繩來垂降，一次只能下降二十五公尺。況且現在他們的登山繩，前端五、六公尺的地方已經快斷了，如果不使用這一段，一次更縮短到二十公尺左右。想要爬到五十公尺底下妙子所在的位置，就必須垂降三趟才行。

之前已經花了很多時間在做支撐點，現在還要用在雪崩中受凍的身體再多懸掛兩次，山野井想到就頭皮發麻。但是妙子還在下面等他，更何況不這麼做的話，連他自己也下不去。

降雪變多了，而且是伴隨著強勁的大風雪。

山野井擠出僅有的力量將登山繩綁在岩釘上，他感覺到頭燈亮度慢慢在減弱，似乎就要熄滅了。現在需要換電池才行，但備用的鋰電池只有一顆。他心想如果弄丟了，就死定了。

「這顆電池可不能丟啊。」

山野井說出聲音來提醒自己。

之前山野井要求過頭燈廠商，要把電池蓋設計得更方便換電池。原本電池蓋是跟頭燈本體分離的，所以攀登高峰造成手指僵硬的話，很可能在換電池的時候把電池蓋給弄丟。如果人在地面上或雪堆上還好，像現在這樣掛在山壁上，電池蓋弄丟就一切完蛋了。所以山野井希望廠商想個辦法，讓他換電池的時候不會弄丟電池蓋，而廠商也採用了這個意見做改良。

但是換完電池，山野井卻怎麼也蓋不上電池蓋。

「冷靜點，冷靜點。」

山野井試著說服自己。

不知道嘗試了多少次，凍僵的手指就是不聽話。最後他只好用咬的蓋上電池蓋。換完電池之後打開開關，沒想到光線比之前更暗。可能是睫毛被凍住了吧？要不然就是連眼角膜都結冰了。聽說人的眼球在零下四十度以下就會結凍。山野井以為雪崩打掉了他的護目鏡，凍住了他的眼角膜，所以用手揉了揉眼睛。但是他還是看不太清楚。當時，他感受到深深的恐懼。難道他的眼睛看不見了？

下降十公尺之後，視力又更差了。

山野井以前也曾經在喜馬拉雅山上，因為氧氣濃度不足暫時失去視力，當時他使用腹部呼吸，將氧氣逼往肺部才恢復視力。這次他做了相同的嘗試，卻依然看不太清楚。他心想，要不是眼睛受傷了，就是雪崩把腦袋的什麼地方給打壞了。

為了進行第二次垂降，必須做出新的支撐點，但他幾乎什麼都看不見了。如果失去視力，就沒辦法回到妙子身邊了。

——我一定要盡快做好支撐點，快點爬下去才行！

山野井開始空手摸索岩石的裂隙。他拔下左手手套塞進懷中，然後用小拇指摸索比冰塊更冷的岩石。沒多久小拇指便失去了知覺，他還不想讓小拇指做無謂的犧牲，因此只好就放棄。

他摸索著岩石的裂縫，但是太過用力的話，雪會塞進裂隙中，一樣找不到。所以要像寫字一樣慢慢摸、慢慢找。山野井對自己說，找到了也別用力壓喔。

要小心的還不只如此，也不能搞丟原本就不多的岩釘。有時候好不容易找到裂隙，把岩釘插進去，以為沒問題放手，結果拿冰鎚一敲，岩釘就應聲掉落。為了避免這種狀況，山野井抱著敲到手指的心理準備，從頭到尾都不肯放開岩釘。

山野井用了一支岩釘和一支冰螺栓製作一個支撐點。冰螺栓原本是用在冰塊上的，他把尖端敲扁，然後打進岩石裡面，但效果不如岩釘來的好。雖然可能只是心理上的安慰作用，他還是盡量把支撐點敲得更穩固些。手指越來越冰冷了，他用嘴巴含著手指輕咬，以恢復手指知覺。但是這樣沒有用，所以他直接對著岩石揮拳。

降雪越來越大了，羽絨衣裡面的積雪也越來越多。

——好痛苦啊。

即使如此，山野井也沒打亂重要的步驟。做完支撐點之後，將全部體重放在繩環上，然後拉掉穿過上一個支點的繩索。接著再將繩索穿過新的支撐點，往下垂降。

在打第三趟的支撐點時，山野井連右手的手套也脫了，用雙手拚命找尋岩石的裂隙。每次移動雙手，他就忍不住叫出聲音來。

「嗚！嗚！嗚！」

每打一支岩釘或是冰螺栓，大概要花一小時吧，打四支就要花上四、五個小時。山野井覺得每打一支，就有一隻手指報銷。左手小拇指、左手無名指、右手小拇指、右手無名指……。

山野井原本認為自己是不容易凍傷的，但是這次好像真的不行了。失去手指的頂尖登山家，等於失去了登山的未來。但眼前最重要的是要活下去。只要妙子還活著，就一定要把她帶回基地營才行。

打好最後一個支撐點的時候，山野井的疲勞已經到達極限了。

當時已經過了午夜十二點，下降到妙子的位置讓他耗盡所有體力。連一絲絲的力氣都再也擠不出來了。精神枯竭，體力也耗盡，甚至感覺到心臟連跳動的力氣都沒有了。

「啊，心臟要停了，要停了……。」

他甚至對妙子脫口而出：

「要死了，我要死了！」

「快幫我拍背，拍我的背……」

山野井覺得如果不來點衝擊，心臟就要停止跳動了。

哪裡都好，能坐下來就好。但是沒有一個地方可以坐，他覺得這次真的死定了。

妙子知道山野井會來，所以一直貼在山壁上等著。那是既辛苦又漫長的五個小時。左手的羽絨手套在雪崩的時候早就被沖走，所以手掌漸漸凍僵，而且眼睛也慢慢看不見。

誰知好不容易爬下來的山野井，一樣是性命垂危。妙子還是第一次看見這樣的山野井。但能在這種狀況下來回攀爬這段山壁的登山家，確實也沒有幾個。甚至可以說，山野井比世界上的任何登山家都強。山野井變成這麼慘的模樣，可見這段來回路程有多麼嚴酷了。妙子感到很失望。她覺得真是陷入絕境了。

「快幫我拍背，拍我的背……」

妙子咚、咚、咚地敲著山野井的背部。

3

稍微恢復一點體力之後，山野井又繼續開始下降。

山野井的眼睛已經完全看不見，所以他讓妙子打岩釘。妙子的視力同樣減弱不少，但和山野井比起來，還算能看見一點。不過妙子的手指原本就短，剩下的手指也因寒冷而僵硬，不太聽使喚，打得很不順。

「我沒辦法打，沒辦法打啦。」

聽到妙子這麼說，山野井開始焦慮起來。

山野井用手指找出岩石的細小裂縫，然後指示妙子在那裡打岩釘。妙子用一片迷濛的雙眼揮舞冰鎚，但是很不精確，怎麼打都打不穩。

看著這樣的妙子，山野井的感慨就像剛才妙子看著他一樣。十年來他也是第一次看到這樣的妙子。

這時候的妙子，也同樣為了自己的無力感到焦慮。失去視力，雙手凍僵，而且精疲力盡，所有這一切集於一身而無法動彈，讓妙子焦急懊惱。

她試著將冰螺栓敲入冰層中，但是深度就是不夠。

「敲進去之後冰就裂開了。」

「那就用tie-off吧。」

所謂的tie-off，就是岩釘等支撐點不夠穩固的時候，把重量加在支撐點根部用以克服問題的方法。依現在的情況看來，似乎連tie-off都派不上用場了。

最後，連山野井也放棄下降，決定就地紮營，但這裡根本不可能紮營。前天晚上還可以在冰上削一個平台，今晚根本不可能。前天晚上的宿營經驗已經是前所未有的艱苦了，今晚的困難更將是難上加難。眼前連坐的地方都沒有。他們經過前天晚上的艱苦宿營，隔天是沒辦法像克提卡一樣精神奕奕的，更何況是今晚。該怎麼辦才好呢？現狀確實令人絕望。

這時候，山野井腦海中浮現一個想法。那就是用兩條繩子繞過臀部下面，可以坐著休息。也就是用繩索做鞦韆。

或許是因為曾在某本書上的插圖看過，他才會想到鞦韆吧。他記得東歐的登山家曾經以繩索鞦韆代替吊床，如今碰上這種情況，山野井認為他們也一定會這樣做。要不然就是在阿爾卑斯山的岩石平台上坐著過夜時，用繩子做個踏腳台，也會比較輕鬆。不管怎麼說，只要用繩索做個鞦韆，應該就撐得下去。

「做鞦韆吧。」

妙子聽到山野井這麼說，才想到有這個方法。應該說，也只有這個方法了。

她依照山野井的指示，在冰壁上找了兩個分開的點，打入兩支冰螺栓。旁邊再用妙子手上冰斧的尖頭用力敲進去，這樣就形成一橫排的三個支撐點。把登山繩掛在三個支撐點之間，就成了兩個鞦韆。這全都是眼睛幾乎看不見的妙子完成的。

好不容易做好了鞦韆，已經是凌晨三點。

登山繩的另一端，連接著山野井第三次下降所打的堅固支撐點，兩個人分別把自己的攀岩吊帶扣在鞦韆的中央，避免從鞦韆上跌落。但等實際坐上鞦韆之後，雙腳只能在風中擺盪。山野井看著自己的腳，心想這次肯定要切掉幾隻腳趾頭了。

這時，山野井突然感到一股尿意。

他拜託妙子幫他一把，但是眼前這個情況是絕對辦不到的。山野井最後忍不住只好尿在褲子上了。

「幫我脫一下衣服。」

真是非常悽慘啊。

這並不是他第一次尿濕褲子，以前還曾有一次大小便同時失禁的經驗。

那次是他第一次挑戰喜馬拉雅群峰，從布羅德峰頂峰要回到營地途中的事情。原本想要方便一下，一身的重裝備讓他來不及寬衣，就整個拉出來了。

當時山野井心中滿是登頂的喜悅，而且還很期待巴基斯坦廚師做的美味餐點。回到營地，卻只能謊稱有事暫離，一個人跑去冰河邊洗褲子。那真是心冷身也冷啊。原本希望下來之後可以鑽進暖呼呼的睡袋裡睡個好覺，結果也沒能實現。

不管怎麼說，當時至少還有閒功夫可以洗褲子，還能在平坦的地方睡覺。如今在格仲康峰的北壁上的宿營，只能忍受身體被小便浸濕，忍受零下三、四十度的低溫，懸吊在半空中過夜。

如此嚴苛的宿營，是兩人前所未有的經驗。不只是他們，或許全世界的登山史上都沒有過這麼特殊的例子吧。之前有人在阿爾卑斯山上的狹窄岩石平台上過夜，但坐在鞦韆上過夜，實在是找都找不到了。更重要的是海拔高度的差別。阿爾卑斯山脈最高峰白朗峰，海拔不過四千八百公尺，而山野井夫妻用鍬钁宿營的地方，海拔卻是七千公尺左右。

妙子曾經在喜馬拉雅山脈的馬卡魯峰體驗過一次嚴酷的宿營，但在馬卡魯峰上，至少可以挖個雪洞坐著或靠著休息。

坐在鍬钁上休息的山野井，突然想吃點什麼東西。他問妙子能不能燒個熱水，妙子回答：

「應該不可能吧。」

因為妙子的手沒辦法點打火機，而且從背包裡拿出來又可能弄丟。但是山野井的態度很強硬。他說只要有熱水喝，至少身體可以暖和一些。妙子終於妥協了。

「嗯……那就試試看吧。」

妙子伸手到背包裡摸索，拿出打火機要點火，結果真的弄掉了。打火機就這樣消失在暗夜之中。雖然還有火柴，卻怎麼也找不到放在哪裡。

最後他們只能拿出炊飯盒，把冰塊削入盒中，一小片一小片的吃進嘴裡。山野井認為這種時候把冰雪放入口中融解，會消耗多餘的熱量，不是什麼好方法。但他又覺得現在攝取水分，應該比保暖更重要。

他們從背包中拿出帳棚套在自己身上。但是，前一天晚上因兩人穿著冰爪就套上帳棚，因此帳棚上到處是破洞。有洞歸有洞，能夠擋住寒風的話也還好些。只是在零下三、四十度的世界裡，這麼做幾乎毫無幫助，兩人真是凍到了骨子裡去了。

山野井心想，一個人能夠看出眼前這座山有多危險，應該是一種天賦吧？有人怎麼教也教不會，有人卻能無師自通。這是個人對自然的學習能力差異。

他認為自己有這個能力，所以才能活到今天。

但是，這一次自己卻躲不開那場雪崩。山野井為此受到相當大的打擊。

現在兩人的眼睛都看不見，只能傾聽周遭的聲音。如今他們身邊寂靜無聲，是個完全安靜的冰冷世界。沒有下雪的聲音，雪應該是停了，偶爾還可以聽到遠方傳來的雪崩聲音。

兩條登山繩靠得太近，變成了一條。這樣一來坐得就很不安穩，也不舒服，他們只好互相拉開對方的繩索。

好冷，又好睏。在這麼冷的地方睡著了，會不會凍死呢？不，不會凍死的，山野井這麼想。凍死的原因並不是在低溫中睡著，而是因為身體能量耗盡。當他垂降到這裡的時候，還以為心臟會停止跳動。等坐在繩索鞦韆上之後，又感覺到身體開始慢慢產生能量。這樣就算睡著，也不會凍死了……。

山野井從少年時期的某個時間開始，有一個睡覺的儀式：如果他做了一個夢，想從夢中醒來的話，就會從以前住的小金井社區屋頂往下跳。一跳下來，夢就會醒了。

如果這是夢的話，只要往下跳就好了。但這不是夢，如果從這裡往下跳，只會摔在一千公尺下的冰河表面。如果想擺脫這個夢境般的現實，只能靠自己的手腳爬下剩餘的一千公尺。他知道這非常困難，但不是不可能。

目前的身體狀況已經達到前所未有的極限。山野井並不隨便使用極限這個詞，現在應該是很接近了。若再碰上什麼意外的話，可能最後的支撐點也會不保。即便如此，他們仍不想死。

——一定要活著回去。

山野井坐在鞦韆上，什麼夢都沒做，睡了大約一小時左右。

第八章　晨曦

今晚他們終於可以伸直手腳，好好躺著休息。外帳雖然不如帳棚來得保暖，但能夠躺下休息已經夠滿足了。

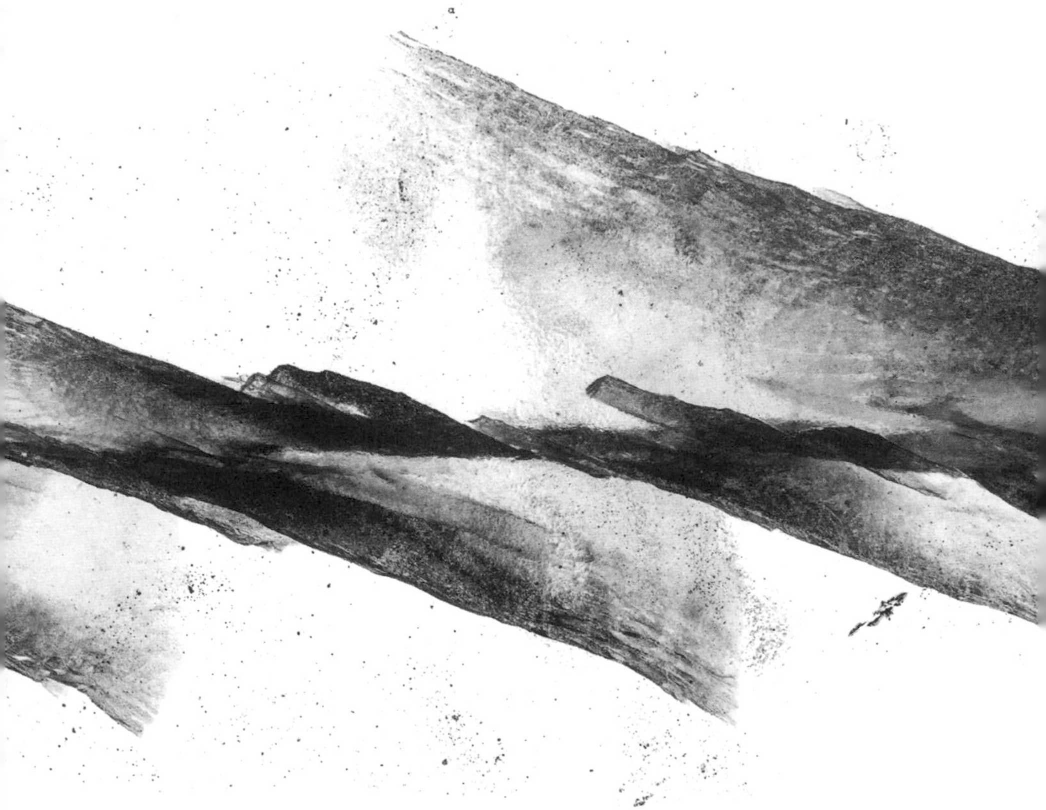

1

兩人睜開眼睛，發現自己還活著。

他們透過黃色的帳棚布感覺到清晨的陽光。這是攀登北壁以來的第五次天亮，這表示他們進入七千公尺以上的第六天了。

有個未經正式統計的數據指出，人類在沒有氧氣鋼瓶的情況下，無法在七千公尺以上的環境滯留超過五天，這也是登山界的常識。但現在，山野井和妙子正要迎接第六天。

從帳棚的入口可以看到藍天，以及美麗的朝陽。

——好美啊！

當山野井這麼想的時候，他發現自己的左眼已經看得見了。

朝陽之下的冰河潔白閃爍著，雖然可以看見基地營周邊，卻又再一次覺得好遠哪。

妙子的眼睛還是幾近看不見，不過眼前一片亮白，讓她知道天已經亮了。

由於連續兩個晚上都穿著冰爪，套在身上的帳棚早已千瘡百孔，破爛不堪使用了。他們把破帳棚捲成一團，丟在一千公尺下的冰河之上。

總之，還是得爬下這面山壁才行。全身肌肉比前一天更加的僵硬，而且山野井的手幾乎已不聽使喚，妙子則是依然看不見東西。這樣的兩個人還必須垂降四、五十公尺接近垂直的山壁才行。

眼睛看不見的妙子要怎麼下降呢？山野井先把登山繩穿過妙子的8字環，讓她下降到支撐點的兩公尺之下，再把繩索穿過自己的8字環，開始垂降。他相當小心，讓支撐點、妙子和自己成為一直線。如果山野井腳一滑，沒有連成直線的話，妙子就會左右大幅晃動而撞上旁邊的岩石。這個方法雖然極危險，卻也是當下最快又最安全的方法。但要採用這個方法，妙子必須能夠瞬間了解山野井的想法與經驗。

山野井降到定點，就會出聲指示妙子接著下來。妙子把體重加在登山繩上，以8字環做確保器慢慢往下降。

降到底之後，山野井立刻再做新的支撐點。

山野井用剩下的岩釘和冰螺栓做好支撐點，然後把體重壓在支撐點上，反覆確認夠不夠穩固。這是他每次都要做的動作。雖然身體沉重，但能找回之前的手感，讓山野井放心了一些。

他用繩環連接岩釘和自己的攀岩吊帶，確保兩邊安全之後，便把掛在上一個支撐點的登山繩拉回來。然後再從頭開始做起。

經過兩次垂降之後，兩人終於脫離垂直山壁，站在積雪的斜坡上了。

當時，山野井心中充滿馬上就能回到冰河上的喜悅，也回憶起之前對葛爾千說的話。原本他說最晚六天就會回去，結果從基地營出發至今已經是第七天了，再加上這幾天都有大風雪。

「葛爾千會不會以為我們死了？」

山野井這麼說，妙子也點了點頭。

「應該會喔。」

雖說是積雪斜坡，不算垂直，坡度依然有六十度左右，行走相當困難。當然，他們不會面對山腳往下爬，而是面對山壁，用右手的冰鎚和左手的冰斧插入雪地，忍著痛楚，用穿著冰爪的腳踢進山壁上的積雪中。他們要用雙斧爬下九百公尺以上的海拔距離。諷刺的是，連日來的大雪，反而讓右腳嚴重凍傷的山野井勉強能夠帶頭下降。原本帶來雪崩，又讓他們度過痛苦夜晚的白雪，如今卻成了蓋住堅硬冰雪的柔軟地毯。

這時，雪又開始下了起來。

領頭踩腳印的山野井突然意識到：這裡不好爬，尤其妙子視力還沒恢復，更是困難。很有可能不小心就腳滑了，萬一妙子從上面滑下來，我擋得住嗎？不，我能伸出手來擋嗎？還是為了避免撞在一起滑下去，躲開她比較好呢？

降雪越來越大，四周飄滿雪花，進入白化現象的狀態。

在這種狀況下往下爬，會搞不清楚上下左右。明明感覺自己是直線下降，其實卻是嚴重偏移。山野井會不時用冰爪踢掉冰雪，看冰雪滾動的模樣，來確認哪邊才是正下方。這麼做也可以確認目前的坡度。如果搞錯坡度就會像踩錯樓梯一樣，讓腳踢雪地的力量出現誤差。這麼一來只是徒增疲勞而已。

妙子的視力尚未恢復，但勉強可以看到山野井踩過的腳印。妙子拚命追著那些腳印往下爬。

六千七百公尺的位置是最困難的一段，山野井讓妙子靠近自己的頭頂附近，以聲音指示她左一步、右一步地跟著自己往下爬。

爬過了這一段，妙子又繼續追著山野井的腳印往下爬。

看見這景象，山野井再次對妙子的平衡感感到驚訝。

——眼睛看不見竟然還跟得上來，真不愧是妙子。

也或許是太過安心了，才讓山野井忽略了妙子。

山野井可以很清楚的感覺到每往下爬一步，空氣中的氧氣就更濃。隨著氧氣增加，原本消失的體力也慢慢恢復了。他的狀況越來越好，就連攀爬凹凸不平的岩溝也更加迅速了。

當他來到六千三百公尺的位置時，突然發現應該在他頭上的妙子不見了。

「妙子！」

不管怎麼喊，就是沒有反應。山野井心想，大事不妙，竟然會在這裡跟妙子走散，這真是難以接受的失誤。妙子怎麼了？失足滑落了嗎？不，他沒注意到這個跡象。可以想到的原因是可能太過疲勞降低了速度，或是搞錯路線了吧。可是現在的山野井並沒有餘力回頭找妙子。

他茫然地在原地等了一個小時左右，妙子還是沒有下來。在這裡等也不是辦法，應該先下到冰河表面，從底下往上看比較清楚。

焦急的山野井選擇相當大膽的下降方式，把肚子貼在坡面上，然後抬起腿一口氣往下滑。膝蓋以下要抬高，冰爪才不會鉤到積雪表面，還要不時用冰斧插進積雪中來控制速度。但坡度畢竟有六十度，與其說是往下滑，不如說是往下掉。如果不能控制速度的話，就跟失足滑落一樣。他在富士山運補的時候，從第八合到第六合（註：合，是日本傳統計算山高的單位，從山腳到山頂分十合，爬到一半，則可稱「爬到第五合了」）也是用下滑的。

這種技術叫制動滑降（glissade）。在當運補員之前，他是很少用這種下降方式的。後來有個和山野井年齡相仿的運補員同伴，他不是登山家，只是冬天人力運補，夏天開曳引機運補來賺錢的普通人。雖然身型瘦小，卻是個非常有力的運補員。他就是制動滑降的專家，可以在大風雪中背著三十公斤的行李走到富士山頂的觀測站。只聽到他說了一句話，接著就用屁股滑下山去了。

「我還得快點回家，準備飯菜給孩子們吃呢。」

山野井就是從他那邊學到制動滑降技巧。用屁股一口氣滑下山，看在少數於冬天攀登富士山的登山家眼中，就像是失足滑落一樣。所以滑過登山家身邊的時候，要記得對他們揮揮手，這樣對方才知道你不是失足，只是下山快了一些罷了。

富士山可以用屁股做制動滑降，在格仲康峰的岩溝可就不行了。因為速度太快，很容易失去控制。

山野井用肚子貼著坡面一口氣往下滑，途中要靠體重壓住冰斧，停下來檢查有沒有搞錯方向，或是有沒有太過接近冰河之間的破裂冰背隙。當他站起來調整呼吸的時候，回頭一看，才發現已經通過第一天搭帳棚的冰河台地了。

仔細一看，那塊很有特色的大岩石上正坐著一個人。不就是葛爾千嗎？

——是葛爾千啊！

原本山野井還挺開心的，突然又看傻了眼。葛爾千正輕鬆地將雙手放在後腦杓上，好整以暇的往他這邊看。葛爾千看見山野井這麼辛苦的制動滑降，不應該是這種態度的。就算爬不上來，至少也該走近一些吧？他在基地營遠遠看見兩個人辛苦回來，應該馬上準備暖呼呼的飲料才對。難道我是看見幻影了？

山野井再度趴在坡面上，繼續制動滑降到冰背隙前面。

這次面對冰背隙站起身，他看見雪白的冰河台地上有幾個男人的身影，一邊踩著積雪一邊往他走過來，後面還有軍用的大型帳棚。山野井心想終於得救了，可以喝到暖呼呼的東西了。

穿過冰背隙之後，終於正式告別北壁了。

山野井重新環顧四周，沒看見自己在七千公尺位置宿營時丟下的帳棚，鬆了一口氣。如果看到了，就一定要去撿回來才行。

以往，山野井是不會把垃圾留在山上的。從十年前兩人一起生活開始，妙子只要與山野井一起登山，收垃圾絕對更加徹底。她不只要回收自己的垃圾，看到別人留下的垃圾也一定會一起帶走。關於這一點，山野井沒聽妙子說過什麼了不起的論調。但是不知不覺中，山野井也和默默撿垃圾的妙子一樣，對山中廢棄物越來越敏感。

如果看到自己丟掉的帳棚，無論如何是都要撿回來的，但目前這副精疲力竭的身軀應該不可能辦到。如果是妙子在下降途中碰巧看見帳棚的話，一定會鞭策自己過去撿起來。

這時候，降雪蓋住了山野井的腳印，妙子正在毫無線索的地方往下爬。等她回過神來，才發現自己跟山野井走散了，他的腳印完全不見了。

「泰史！泰史！」

不管怎麼叫，都聽不到回應。

當然，這時候就算絕望也不奇怪，甚至可以去恨那個拋下自己先走的山野井。為什麼不等我呢？但妙子心知肚明，這麼做是沒有用的。現在這座山壁上只有自己一個人，也只能獨自一人往下降。總之，只要直直往下就可以了。雖然眼睛看不見，體力也所剩無幾，不過只要利用重力，人就可以往下降了。

妙子開始自己踩腳印，一步一步往下爬，所以下降的速度更慢了。

途中，妙子開始擔心自己到底是不是真的在往下爬。若是斜著爬，就無法跟山野井會合，還可能跑到雪簷底下被雪崩吞沒。

有些地方的積雪崩落露出冰層，甚至露出岩層。有時候以為底下是冰層，用冰爪一踢才發現撞到岩石，卻也只能一邊抱怨一邊往下爬。

另一方面，走在雪白冰河台地上的山野井，怎麼也找不到在冰背隙那裡看到的軍用帳棚。他甚至想追著那些男人們的足跡，卻什麼也沒看見。

耗盡體力的山野井，背對著格仲康峰，將背包放在雪地上，坐下來休息發呆。

——對了，妙子。

他回頭看了看岩溝之中，隱約看到妙子的身影，而且她身邊還圍著三四個人。原來那些男人是要去救妙子的，這樣妙子就沒事了。山野井再度鬆了一口氣，背對著格仲康峰。

不知過了多久的時間？

「泰史！泰史！」

他聽到妙子的聲音了。回頭一看，妙子正在冰背隙前面。

「妙子！」

山野井大喊，妙子也回應過來。

「我要怎麼過去啊？」

妙子就在四五公尺遠的地方，但不知道怎麼渡過眼前的冰背隙。

「再往右邊一點，有我走過的路線。」

山野井覺得奇怪，那裡應該還有好幾個男人的足跡啊，怎麼會看不出來呢？

走過冰背隙之後，妙子離他越來越近了。

山野井把頭轉向前方。如果自己是面向格仲康峰的話，理應一直看得到妙子才對，他卻怎麼也想不起來。他又面向基地營的方向，不時轉頭看著格仲康峰，這時妙子突然又不見了。不管往哪邊看，都看不到她的身影。

突然，眼前出現了一個留著鬍子，穿著棕色衣服的男人，膚色黝黑，身材高大。面貌看來不像西藏人或尼泊爾人，應該是伊斯蘭世界的人吧？

「我找不到妙子，她怎麼了？」

山野井拚命擠出生疏的英文詢問眼前的男人。

「她去上廁所了，不用擔心。」

對方回答的是日文，但山野井並不覺得奇怪。

過了一陣子，果然就像男人說的一樣，妙子從岩石後面走了出來。終於來到山野井身邊了。

山野井問向他走來的妙子。

「有人過去找妳吧？」

「誰？」

「不是有幾個人去救妳了嗎？」

妙子聽到山野井這麼說，當下還以為他的腦袋出問題了。

不過妙子只簡單的回答：「沒有啊。」

「我明明有看到啊……」

山野井的表情很認真。應該是太過疲勞，產生幻覺吧？連妙子都覺得這次真的很嚴重了。

風停了，雪也停了。

兩人走到攻頂之前放置多餘裝備的站點。

時間慢慢過去，太陽也已下山，今天要在這裡過夜了。但帳棚已經扔了，看見山野井發呆，妙子說：

「我們應該還留著外帳吧？只要插好骨架，蓋在上面就可以了。」

帳棚的骨架桿拉開來之後是一個半圓型。兩支交叉起來，把外帳蓋在上面，就可以代替帳棚了。四周把雪堆高，可以擋住冷風。

隨後兩人用身上僅剩的燃料煮熱水，泡紅茶，吃巧克力。最後還用剩下的巧克力泡了熱可可。山野井吃什麼都好吃，妙子依然食不下嚥。

「別吃了，睡吧。」

雖然背包裡還有食物留著，但比起吃飯，山野井更想躺著休息。

兩人在雪地上鋪好銀墊，便馬上鑽進睡袋。兩天前，他們只能坐在不到十公分的小平台上，昨晚更是坐在繩索鞦韆上等待日出。今晚他們終於可以伸直手腳，好好躺著休息。外帳雖然不如帳棚來得保暖，但能夠躺下休息已經夠滿足了。

兩人幾乎是一躺平，就立刻進入夢鄉。

2

精疲力盡的夫妻倆很快就睡著，直到太陽出來了還沒醒，可見平坦的地面，安全的場所，對他們來說是多麼寶貴的東西。

這天早上天氣晴朗，太陽升起之後，用骨架桿撐起來的外帳之中被曬得暖呼呼的。

妙子睡在這陣暖意之中，心裡這麼想。

——這應該是我一生中最幸福的時候了。

這種幸福的感覺，就像夢到最喜歡吃的饃饃一樣。饃饃是西藏人很喜歡的一種食物，類似蒸餃，兩人從尼泊爾邊境往定日出發的途中，曾經在聶拉木的餐廳碰到舊識的日本登山家。這時日本登山家出現在妙子的夢裡，並捧著一大鍋滿滿的食物來到外帳之中，食物堆裡有妙子愛吃的饃饃，讓她感覺更幸福了。可惜，在夢裡的妙子還是什麼都吃不下。

至於山野井則是在睡夢中，充份享受激烈運動後那股令人舒適的倦怠感。

——再賴一下床吧。

兩人起床的時候已經過了中午。原本今天之內就該回到基地營，是要趕路的。但是整理裝備、收拾垃圾、把東西全都塞進背包、幫彼此拍照、最後拿起手杖出發，就已經是下午兩點了。

就算精神飽滿，走到基地營也要五個小時，距離不算短。這幾天的降雪造成大量積雪，兩人更是疲憊不堪，尤其妙子在平面行走時特別虛弱。每走兩三步就要停下來休息，才能接著下一個兩三步。

有時心裡想至少要走個十步，但是走了五步就不行了。不久之前還在帳棚中享受幸福時光，現在卻渾身無力，妙子對這樣的自己感到很失望。

天色暗下來，又開始降雪了。

山野井一邊走，一邊想著葛爾千的事情出神。葛爾千說過，會算好山野井夫妻下山的時間來接他們。山野井當時雖說不用心中依然期待著葛爾千的出現。倒不是希望葛爾千來救他們，只是覺得他可以幫忙搬行李的話，應該挺不錯的。

山野井看看妙子，應該是沒辦法再背著行李走下去了。不只是妙子，他自己也必須放下行李才走得動。這樣看來，可能要把所有東西都擱在放鞋子的站點吧？但是依照妙子的個性，回到基地營休息一陣子之後，肯定會來收背包的。山野井想著，總覺得那有點麻煩……。

冷靜想一想，是否能活著回到基地營還在未知數，就算勉強走到，很明顯的這雙凍傷的腳絕對不可能再走到站點來。但山野井腦海裡還是迷迷濛濛地想著要如何來收行李。

到了下午四點，總算抵達放鞋子的站點。不過前面的冰磧石地形上也堆滿了雪。本來應該在這裡脫下塑膠靴，換回健行鞋，照這樣看來還是用登山靴比較保險。不，就算真的換回健行鞋比較好走，兩人也已經沒力氣換鞋子了。

當時山野井覺得雖然會晚些，但一定能回到基地營。然而妙子則認為以目前所剩的體力，是沒辦法在今晚抵達基地營的，應該隨便找個地方過夜。所以當山野井提議要將所有行李放在站點的時候，妙子很難得的反對了起來。

「把行李都帶走吧。」

山野井一聽，生氣大喊：

「絕對不拿！拿了就快不起來了！」

「慢慢走也好啊。」

「這樣今晚到不了基地營的！」

「我覺得我今晚到不了，所以要帶行李走。」

「今晚走不到會死在這裡喔！」

妙子沒辦法，還是妥協了。依她現在的狀況只能靠山野井，所以只好把行李放在原地了。

這時候至少要把睡袋的套子帶在身邊，或許接下來的情況就會完全改觀。因為有個睡袋套，身體可以暖和不少。但妙子已經沒有餘力拿下睡袋的套子，更不用說把背包內容物做區分，不要的先放著，要的才帶在身上。不是全帶走，就是全留下。當然，她的選項只有全部留下。不過，她本能地將乾燥米和飯料的小包裝塞進口袋裡。因為這些東西離背包口比較近。

兩人開始前進。

太陽下山之後，他們來到之前的水塘。連續幾天低溫，水塘上結了一層冰。山野井想搬起一顆嬰兒腦袋瓜大小的石頭把冰砸破，但是搬不起來，因為他已經渾身無力了。妙子看了便說：

「讓一下。」

山野井呆呆看著妙子抱起石頭，就往冰面上砸，一次砸不破，但是兩三次之後就砸出裂痕來了。

妙子到底哪來這麼大的力氣？看起來明明半死不活了……。自從來這裡登山以來，山野井不知道第幾次這麼想了。

——真不愧是妙子。

山野井在水塘邊喝水，妙子也喝了一口。然後用裝胺基酸營養品的小塑膠袋來裝乾燥米，再裝入清水。這是只要花點時間就能泡水復原的冷凍乾燥食品。但是這裡的水幾乎像冰一樣冷，為了讓米更快復原，妙子把塑膠袋放入刷毛布的上衣之中加溫。

又走了一陣子，兩人在岩石底下休息，拿出乾燥米來吃，但是咬起來還是很硬。妙子心想，可能是自己的體溫太低了。

山野井吃了兩三口的乾燥米，但妙子依然吃了就馬上吐出來。

氣溫漸漸降低，感覺越來越冷了。不巧的是，妙子並沒有穿上羽絨長褲。從山腳下的宿營地點出發時覺得熱，所以她先脫下來放在背包裡。而把背包放在站點的時候，她已沒力氣再拿出長褲了。要穿上長褲，必須先脫雙重靴，穿好長褲之後再穿回靴子，這一樣也辦不到。所以妙子的下半身只有一件底褲，和刷毛布的褲子而已。

天色開始變暗，兩人點亮頭燈，電池卻接連耗盡了，只好靠著月光前進，不管怎樣今晚一定要抵達基地營才行。如果到不了，他們就必須這樣子過夜了。幾乎沒吃沒喝，要在零下幾十度的冰冷空氣中度過一晚，實在是太危險了。無論如何都要回到基地營才行。

山野井猛地發現，雪地上到處有著像是葛爾千留下的腳印。

看來他是走到這裡觀察情況，又原路折返了。是不是判斷他們兩人沒救了呢?說不定已經把基地營給撤走了，山野井開始擔心起這件事情。

不過這些腳印帶給他的並不只是恐懼，還有更大的喜悅。即使是腳印也好，接觸到人類留下的痕跡，就給了他生命的喜悅。

終於，月亮也沉到山峰之後。要在一片黑暗中走著惡劣的道路，實在相當辛苦。雖然離基地營只剩兩、三公里，但妙子已經瀕臨極限了。現在只能走一步休息一下，然後才能走下一步。

「慢慢走沒關係，別停下來啊！」

山野井鼓勵著妙子，但妙子最後還是勉強擠出了一句話。

「我想我走不動了。」

不能在這裡宿營，他們身上沒有任何禦寒用品，氣溫不知道是零下幾十度。沒有吃東西，又精疲力盡，這樣的身體撐不過今晚。很有可能會死在這裡。

「沒光線也可以走啊。」

山野井這麼說。

但是他也清楚，妙子既然會說出這種話，一定是因為前所未有的疲憊吧。

山野井一邊走，一邊找地方過夜。最後在岩石底下找到兩個人可以坐下休息的地方。

「就在這裡休息吧。」

這時候已經是凌晨兩點了。

他們坐在岩石下，試著抱在一起睡覺，但這樣一定有一個人的腳會麻掉，只好以各自抱著膝蓋的姿勢坐著休息。

在這裡過夜，沒有任何可以蓋的東西；沒有帳棚，沒有外帳，也沒有睡袋。山野井想到，如果帶著睡袋的袋子就好了；但是又想到，帶著可能也走不到這裡，索性就不想了。

當兩人嘗試各種可以睡覺的方法時，山野井不小心把右手的手套掉到兩塊岩石之間的空洞裡面，不管怎樣都拿不出來，他的右手越來越冰冷。妙子也在雪崩中弄丟了左手手套，只能用頭套包著左手保暖，但是幾乎沒有效果。他心想，妙子僅剩的手指可能也要截肢了。

山野井開始冷到發抖。他覺得還有力氣發抖，代表還有活著的力量。

妙子開始邊發抖邊嘔吐，幾乎每五分鐘就會吐出胃酸。她知道，每吐一次就要耗損無謂的體力。

「喂，妳聽過《冰峰暗隙》吧？」

山野井突然問妙子。

英國登山家喬．辛普森（Joe Simpson）所寫的《冰峰暗隙》（*Touching the Void*），內容描寫他在南美安地斯山脈的斯拉格蘭峰（Siula Grande）遇難的故事。

「如果我們能活著回去，一定比這本書寫的還了不起吧。」

這時，連山野井也開始嘔吐了。等到沒東西可吐，就跟妙子一樣吐胃酸。

「在這裡睡著的話會死嗎？」

妙子嘟噥著。天氣如此寒冷，又什麼都沒吃，自然會想到死的問題。她馬上接著說：

「不過人應該沒那麼容易死吧。」

人就是自我放棄了才會死。我們絕對不放棄，所以絕對不會死。

「嗯，我們不會死的。」

山野井十分肯定，但看著無言注視著自己的妙子，他突然感到有些不安。

「妳還活著嗎？」

妙子回答說：

「嗯，還活著。」

山野井安心了些，不過妙子卻不再嘔吐了。

「喂！還活著嗎？」

山野井大喊，但是妙子沒有反應。

「妳還活著嗎？」

山野井抓著沒反應的妙子大力搖晃。過了好一陣子，妙子才有了反應。

「嗯……」

妙子處於朦朧狀態，山野井則把臉靠在膝蓋上睡著了。

3

東方天空泛起了魚肚白，妙子和山野井依然活著。

八點左右，兩人開始往基地營出發。但妙子知道，自己已經沒辦法和山野井一起走回基地營了。

「你先走吧。我會跟上去的。」

「我知道了。」

山野井站了起來。妙子也勉強站起身。山野井對她說：

「等一下，我在這裡幫妳拍幾張照片吧。」

「嗯。」

山野井拿起相機，按了三次快門。

這和昨天的照片涵義不同。昨天互相拍下的是紀錄用照片。但是這一次，卻可能是妙子的遺照了。

從觀景窗中可以看到妙子嚇人的神情。鼻頭因為凍傷而有如木炭一般黑，而且兩頰也發黑，甚至連嘴唇都是黑的。

「畢竟可能會死在這裡嘛。」

山野井開了個玩笑，但是就算不說出口，妙子也知道他拍照的用意。

「應該會喔。」

妙子也回敬她，但是她堅信自己絕對不會死。沒錯，現在身體無法動彈，但腦筋依然很清楚。她相信要死在山上的人，腦袋總是第一個報銷的。

妙子曾經在馬卡魯峰上的八千一百公尺地點，有過一次無法挽回的宿營經驗。有個一同攻頂的男性隊員在登頂之後變得非常衰弱，意識模糊不清。超過八千公尺之後，每個人必須自己負責應付自己的狀況。妙子大可以放下隊員不管，自己一個人下山，但是她無法對虛弱的同伴見死不救。妙子為這個隊友挖了一個小雪洞，讓他可以躺在裡面。原本計畫隔天和他一起下山，結果那個隊員一動也不動，早已斷氣了。後來妙子一個人下山，手腳和臉也受到了無法復原的凍傷。

回來之後，妙子了解到的狀況：死去的男性隊員，是因為掌控生命的中樞神經被寒冷與疲勞擊敗所致。但是妙子只犧牲了手腳和鼻子等肢體末端，保住了中樞神經，所以才能活下來。

如今妙子又受到嚴重的凍傷，但意識依然清晰所以不會死。雖然步履蹣跚，只要多花點時間，一定能回到基地營。應該能回到基地營的……。

山野井一個人出發了。他一定要盡快回到基地營，雖然不知道葛爾千有沒有辦法救回妙子，只要回到基地營應該會有辦法的。

可是，如果妙子在我回去之前就死了呢？

他知道妙子會奮鬥到最後，也知道妙子總是臨危不亂。如果妙子撐不到最後，恐怕也不會有別人做得到。就算妙子真的撐不下去，也絕不會死在恐懼之中。兩人已經從山壁回到冰河上了，如果是用登山繩懸吊在垂直山壁上而死，一定很不好過。他自己也不喜歡死在垂直的山壁上，但既然已經回到平地，多少比較能接受吧。況且死在山崖上，是沒辦法回收屍體的，但死在冰磧石地形上，至少還能把屍體運回去。這點讓山野井的心情平靜了些，因為就算死了，還是能見得到面。

萬里無雲。耀眼的陽光讓人充滿活力，山野井很驚訝自己在這種狀況下腳步依然輕快，雖然速度緩慢，但確實是往基地營邁進。

終於，可以看見基地營了。山野井知道馬上就可以回到溫暖的地方，馬上就可以回到有人煙的地方了。

但是，營地上只見一個帳棚，一個只有深藍色的廚房帳棚。他們的淺藍帳棚跟葛爾千的紅帳棚都不見蹤影，而且營地上已經收得乾乾淨淨了。

他心想，葛爾千可能不在營地了。

登山家的習慣之一，就是不做過度的期待。有時候以為自己已經登頂，實際上只不過是山頂之前的突起罷了。所以在一切結束之前，都不能過度期待。

葛爾千不在的話，那麼應該也沒有食物了。這麼一來，只好走去格仲康冰河與通往聖母峰基地營道路的會合點。或許還能攔住一輛難得經過的車，向對方求救吧。

——看來還要再走上一段了。

其實，他已經瀕臨極限了。但是他知道，自己還是會走下去。

「喂——，喂——」

山野井對著帳棚勉強擠出一點聲音。

「葛爾千——！」

當山野井走下坡，又走上坡，即將抵達基地營的時候，突然有一群男人往他衝過來。

原來是連絡官和他的兩個助手。

連絡官一到山野井身邊，馬上用英文說明情況：葛爾千用望遠鏡看到你們登頂了。但是後來天氣惡化，你們又遲遲沒有回來，葛爾千認為你們已經遇難，便跑去聖母峰的基地營通知我們。我們接到通知，自己來這裡確認情況，結果就遇到你了。山野井一聽，不禁覺得自己在今天回來，或許還算幸運的了。如果早一天或晚一天，可能就一個人也沒有了。

這時，葛爾千拿著裝有熱紅茶的膳魔師攜帶式熱水瓶跑過來。他一看到山野井便哭得稀哩嘩啦，話說個不停。

我以為你們已經死了。我看到山野井先生登頂了。天氣惡劣，我很擔心，還去看看情況。我真的以為你們已經死了……。

山野井看著激動的葛爾千，覺得他瘦了不少。一定是擔心他們，坐立難安的緣故吧。

他喝著熱水瓶裡的紅茶，心想，還是濃郁的熱可可比清淡的紅茶好喝。

喝完之後，連絡官問山野井：

「要背你嗎？」

「不用了。」

山野井站起來回答。對山野井來說，從走出基地營開始，到返抵基地營為止，全程都是登山。他還沒有回到基地營，所以這趟登山還沒有結束。山野井為了完成這次登山，忍著雙腳的疼痛，以自己的力量往基地營前進。

抵達基地營之後，葛爾千連忙架起兩人用的帳棚。

山野井躺在帳棚裡面，葛爾千和連絡官則在一旁照料。

葛爾千要幫山野井脫下靴子的時候，山野井希望他能輕一些。尤其右腳因為凍傷而腫脹，一定不好脫。不過，他真正擔心的，是腳上的肉會跟靴子一起被拔下來。

脫下登山靴、內靴、襪子，露出來的是從裡黑到外的腳趾。

山野井接著請葛爾千幫他換衣服。用鞦韆過夜的時候，他尿濕了褲子，說不定連大便也失禁了，只是自己沒發現。雖然他想自己換衣服，但已經沒有力氣了。

葛爾千連忙燒起熱水，要山野井把手腳泡在裡面，據說這樣對凍傷的肢體最有幫助。

山野井接受他們的照顧，心想請他們先別管自己，要盡快去找妙子。但是想歸想，山野井的腦袋一片空白，沒辦法好好對葛爾千說明。

葛爾千後來帶著另外兩個人去救妙子，已經是山野井抵達基地營一個小時之後的事情了。

另一邊，慢慢跟在山野井後面的妙子，真的是一次一步慢慢走。走一步就要休息一下，才能接著走下一步。同時，妙子感受到了陽光的能量。

途中，妙子感到無比的疲勞，坐在岩石上休息，溫暖的陽光讓她差點打起瞌睡。雖然心裡想不能睡，要趕路，但就是站不起身來。

好不容易發揮了所有意志力，才站起來繼續前進。

終於，妙子離基地營只剩三百公尺了。不管發生什麼事都能回去了，妙子感到無比安心，便坐了下來。

這時，葛爾千從基地營趕到！手裡拿著裝有熱可可的熱水瓶，這是葛爾千要出發救妙子時，山野井特地拜託他準備的。不要清淡的紅茶，要帶又香又濃的熱可可。

妙子慢慢喝著葛爾千帶來的熱可可，喝完之後，卻完全站不起來了。

和葛爾千一起過來的連絡官助手，看見無法動彈的妙子，便作勢要背她。

但妙子希望以自己的力量走回基地營。

「我會自己走。」

妙子說完，拚了命站起來往前走，但走沒兩步就不行了。本來就算一次走一步，也還能自己走得下去，沒想到現在救援一到，又喝了熱飲，感覺身體中僅剩的力量全都消失了。妙子只好讓他們背回基地營。

妙子抵達基地營的時候，山野井的手腳正泡在四十度左右的溫水中。

他們也馬上準備熱水給妙子浸泡手腳。

活著回到基地營的兩個人，靜靜地躺在帳棚之中。

雖然很想睡，但是葛爾千建議他們每三個小時就要換熱水，浸泡凍傷的患部。泡在熱水裡是很舒服，可是換熱水是不分日夜的，因此要睡也睡不好。原本想叫葛爾千別換了，讓他們睡覺就好，但看見葛爾千拚命的專注表情，又說不出口。

「沒辦法，不睡了。」

「反正手指都要切掉了，不泡熱水也沒關係啦。」

夫妻倆雖然互相開著玩笑，卻還是老實地讓葛爾千照顧。

山野井餓了。葛爾千說這時候最好不要吃太飽，所以並沒有讓他吃太多東西。而妙子還是想吃也吃不下。她連喝個熱糖水都會胃痛，只能喝熱開水。到了第二天，兩人還是沒力氣自己上廁所，連襯衣都脫不下，一切只得交由葛爾千來照料。

葛爾千在兩人回來的兩天後，顯得更加瘦削了。雙頰凹陷，眼睛有著大大的黑眼圈。這也難怪，畢竟他不眠不休的照顧著他們夫妻，已經兩天兩夜之久。

情況好一些之後，山野井對妙子說：

「希望別鬧出大事來就好了。」

他希望兩人「遇難」的消息不會從 Cosmo Trek 傳到日本，成為國內新聞報導的內容。

第九章　走過那橋

橋對面的山崖上有公路，四輪傳動車就停在那裡等著。

山野井和妙子讓人背著度過了這座橋，才真正離開了格仲康峰死亡的雪白深淵。

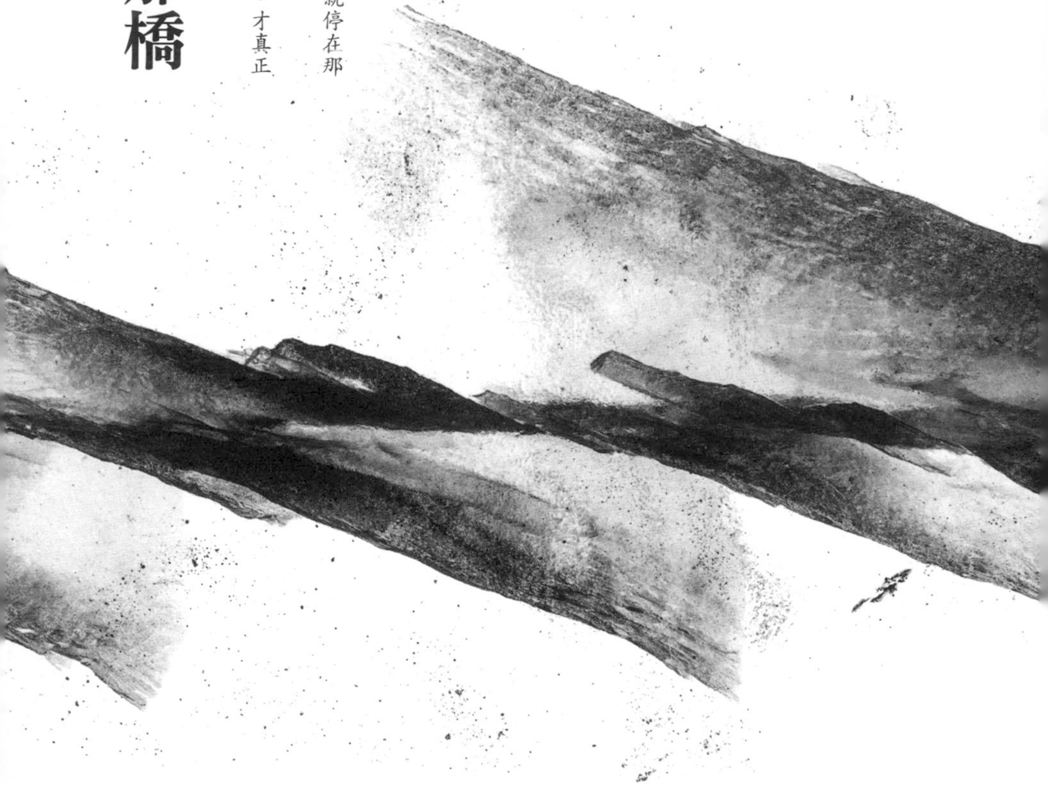

1

這幾天，加德滿都的Cosmo Trek可是忙翻天了。

十月十三日，山野井和妙子遇難的消息傳到旅行社。當時兩人正從最後一個宿營地點，往基地營艱苦地前進。

當天，有個健行到聖母峰基地營的日本女性，打了電話給Cosmo Trek。她說她已經回到加德滿都，順便幫一個雪巴人帶消息回來。消息的內容是「山野井和妙子夫妻兩人過了預定時間還沒有回來，可能是遇難了。」

接這通電話的是大津二三子，她聽完之後不免有些疑問。消息的來源應該是葛爾千吧，為什麼葛爾千沒有親自打電話來呢？聖母峰的基地營也好，回程上的絨布寺也好，應該都有電話可以打的。而且，山野井原本不是打算要一個人攀登東北壁嗎？為什麼連妙子也遇難了呢？

大津馬上在Cosmo Trek辦公室附近的「香格里拉」高級飯店訂了房間，請那位打電話的女性住下。她想在那裡打聽詳細的情況。

兩人在飯店見了面。根據那位女性的說法，她在聖母峰基地營碰到的雪巴人，好像一直打不通電話，才會拜託她帶口信回來。葛爾千應該是先跑去聖母峰基地營找連絡官，想從那裡聯絡加德滿都，但電話怎麼也打不通，才會請人幫忙傳消息吧。妙子的名字出現在遇難名單裡面，可能是哪裡搞錯了。但是山野井應該是確實遇難了。

大津於是打了電話給山野井在日本的聯絡人。山野井的聯絡處，是從少年時代一直參加至今的登山社團。但是打給社團代表，家裡卻沒人接。最後只好直接打給山野井的父母了。

大津與山野井的父母有過一面之緣。兩年前，山野井和妙子曾經帶著山野井的父母到過尼泊爾。當時大津的丈夫也拉著一家人到家裡設宴款待了一番。

山野井的父親接起電話。簡單寒喧幾句之後，大津便切入正題。

「我們接到通知，山野井先生和妙子女士已經遇難了。目前詳情還不清楚，有近一步消息，我們會馬上通知您。」

大津一字一句地說著，她彷彿可以看見山野井的母親，在電話旁聽得喘不過氣的模樣。

山野井的父母接到電話，也是難以置信。為什麼妙子也在遇難名單裡面呢?他們以為山野井是要一個人去攀登東北壁的。

夫妻倆前往加德滿都期間，兩老就一直很擔心，不僅僅是因為成田機場那張有如遺照的照片。

山野井的父親在自家附近租了一塊家用菜園，有一天當他去摘青菜的時候，在菜葉背面發現到菜蟲，而且剛好就是兩隻掛在菜葉邊緣的黑色菜蟲。看在他眼裡，那就像是掛在山崖上的山野井和妙子一般。所以他用手取下菜蟲，放牠們回到大自然去。

另外，山野井送過父親一支手錶，那是可以測量高度和氣壓的特殊登山錶。幾天前，原本在手錶上的某樣東西突然掉在地板上，發出清脆的聲響。他撿起來一看，原來是錶帶上的小磁鐵，上面竟然有道像被剃刀劃過的奇妙傷痕。這也讓他覺得很不吉利。

收到遇難通知之後，父母開始祈禱兩人平安無事。父親對山多少有些了解，他心想兩人現在可能已經喪命了。遇難消息從山上傳到加德滿都，應該已經過了一段時間。他知道喜馬拉雅的高峰險峻無比，人類沒辦法在上面撐多久。如果遇難，應該已經死了。

山野井的父親又想到，如果當時不拒絕NHK的工作就好了。兩老曾聽山野井提過這件事。如果接下這份工作，兩人就不會去爬格仲康峰，而是去旁邊的聖母峰。

大津看多了登山家遇難的消息。以她豐富的經驗，可以馬上判斷各種情況下的因應之道。但這次遇難的地點不在尼泊爾這邊，而是西藏方面。因此沒辦法馬上派出飛機或直昇機前往救援，不管要做什麼，都必須先問過西藏登山協會和中國政府才行。但無論如何，一定得派救援隊出去。問題是該派誰好呢？

當時，奧田仁一和谷川太郎兩人正好在加德滿都。他們兩個都是出身於大學登山社的青壯登山家，剛好完成各自的遠征，暫時停留在加德滿都休息。

奧田出身自關西大學登山社，曾經不靠氧氣瓶完成干城章嘉峰（Kangchenjunga）北壁、卓奧友峰的登頂，在登山界相當知名。至於谷川則是東京農大登山社出身，也征服過K2、馬卡魯峰等許多八千公尺以上的高峰。

大津夫妻馬上找來這兩人召開救難會議。最後決定只要取得中國政府核發簽證，兩人就馬上前往救援。他們兩人剛下山，高度適應是沒有問題，可以直接往格仲康峰的基地營前進。

但是這次的「救難」目的並不是「救活」。奧田深深了解山野井的實力，他不認為山野井爬上去遇難的地方，自己能把他活著救出來。就算拚盡全力，能不能找回遺體都是個問題。但既然聽到山野井遇難，就不能坐視不管。

老實說，當下的情況真的非常諷刺。

雖然谷川是個強壯的登山家，但他不喜歡近年來的登山風潮，也就是不使用阿爾卑斯風格就不算精銳登山的風潮。雖然阿爾卑斯風格有其好處，但是並非每個人都辦得到；既然如此，組織大型登山隊的極地法、包圍法，自然也有存在的價值。而且包圍法隊員可以互相鍛鍊，並栽培後進登山家。谷川是從歷史悠久的大學登山社出來的，深深知道有人栽培的好處。所以谷川曾經在登山雜誌上發表過一篇名為〈我們的喜馬拉雅登山行〉的文章，裡面指出「想要在當今的喜馬拉雅山脈中進行世界頂尖的攀登活動，需要近乎瘋狂的執著。」另外也寫到：「我不打算為這種想法推波助瀾，因為我比較喜歡包圍法這樣的登山模式。」

奧田心想，由這位谷川去「救援」世界級的阿爾卑斯風格登山家山野井，真的是太諷刺了。

大津請求中國大使館盡快核發奧田、谷川兩人的簽證，讓他們進入西藏。同時也向日本大使館尋求協助。

第一次回應是三天後的上午十點，當時大津正焦急地等著簽證下來，此時接到了西藏山岳協會發來的傳真。

「我方已經收到您要求派遣救援隊，救助兩位日本人及一位雪巴人的傳真。

我方相當擔心失蹤隊員的安危，並報告了中國外交部，正等候其判斷。

在收到失蹤報告的同時，我方已經派遣西藏當地的山岳嚮導前往格仲康峰，但目前仍未有回報。

目前負責人正前往外交部，討論能否接受您所派遣的救援隊入境。」

如果照這樣的程序跑下去，組織救援隊就沒有意義了。大津非常焦急，但在一個半小時之後，又來了一張傳真。
「好消息。兩位隊員已經回到基地營，但受到嚴重的凍傷。我方工作人員會將隊員帶往樟木，請於今日下午前來國境接回。」
雖然讓人有些摸不著頭緒，但現在山野井夫妻肯定還活著。
大津馬上打電話到日本的山野井家。山野井的父親一拿起話筒，大津立刻就說了：
「夫妻倆雖然受了凍傷，但生命安全無虞。」
話才說完，便聽見山野井的母親在電話那頭放聲大哭，想必她一直豎起耳朵在旁邊仔細聆聽吧。接到可能死亡的消息之後，他母親一直強忍悲傷，一聽到兩人平安無事，自然喜極而泣。大津心想，這應該是日本女性的特質之一吧。
大津馬上中止奧田和谷川的格仲康峰救援行動，並立刻派車到尼泊爾邊境的科達里去接人。
後來，妙子聽說這一連串的經過，感到相當不可思議。雖然她和奧田、谷川見過面，但並不熟稔。即便如此，這兩個人卻願意前往救助他們。如果今天立場對調，妙子應該也會願意去救他們吧。這點妙子十分肯定。
她真正感到疑惑的，是攀登格仲康峰北壁登上陡峭岩溝，走過雪簷左上方，往懸帶地帶左邊前進的時候所發生的事情。當時妙子吃力地走在夾心餅積雪和冰鱗片上，卻感覺自己身後除了山野井之外，還有另一個人。那個人就像一直跟著她一樣，妙子知道那只是幻覺。在艱苦的登山過程中，有時會感到身後有人跟著自己。所以當時妙子只是覺得又看到幻影了。但奇妙的是，當時妙子清楚感覺到那個幻影就是並不很熟的谷川太郎。至於為什麼會在那種地方看見谷川的幻影？這就讓她深感不解了⋯⋯。

2

回到基地營的山野井和妙子，在帳棚裡休息了一天一夜，第三天早晨開始往加德滿都出發。

連絡官和兩位助手確認兩人平安無事之後，就馬上離開基地營了。第二天晚上又有三個西藏人來到基地營，代理他們的工作。山野井和妙子完全無法走動，就由這三個人輪流背著，走到四輪傳動車停靠的河流交會點。

當天山野井、妙子和三位西藏人，一直到天亮了一段時間之後才從基地營出發。山野井心想是不是出發的太晚了，但沒敢說出口，畢竟自己接下來要靠他們背著走下山啊。

葛爾千整理好基地營的行李，出發時間比他們又更晚了。

在離開基地營的時候，山野井看著格仲康峰，以及萬里無雲的好天氣，沒來由地想著：今天是個攻頂的好天氣呢。

三個西藏人裡面，有兩個人各背一個人，剩下一個則是什麼都不帶，這樣才能輪流走到目的地。雖然三個西藏人早就習慣背重物，被背著的兩個人經歷了艱苦登山而削瘦，但他們還是要背著四五十公斤的人走過艱險的道路。一路上有容易崩落的山崖，也有佈滿大小岩石的水岸。

三個西藏人運用當地扛重物的特別方法。首先找一根棒子，把帳棚用的聚酯纖維毛毯捲在上面，然後在棒子兩端綁上繩索，就成了簡單的鞦韆。西藏人拉著繩頭，山野井和妙子就坐在鞦韆上，雙手環繞西藏人的肩膀，便不會掉下來了。

三個西藏人背著山野井夫妻，喘著大氣，用手撐著地面在山崖上爬上又爬下。

如果有適當大小的岩石，就會讓兩位「行李」先坐下來，換人繼續背。因為人如果坐在地上，要再扛起來是很困難的。這就跟登山家在登山途中休息的道理一樣。如果把背包放在地上，重新扛起來是很浪費體力的。

途中一行人稍作休息，其中一個人拿出葛爾千請他們帶上的水蜜桃罐頭，讓無法動手的山野井夫婦吃。但山野井只吃了幾口，妙子更是因為凍傷發黑的嘴唇疼痛不已，一口都吃不下。

三個西藏人吃完剩下的水蜜桃，就把空罐隨手丟在路邊。

山野井和妙子只要去登山，一定會盡力把自己的垃圾清得乾乾淨淨。如果他們能動，一定會把空罐帶回加德滿都再丟。這個無法如往常一般帶走的空罐，在被人扛著的山野井心中留下了一個小小的痛。

背人的很辛苦，但被扛著的人也絕不輕鬆。山野井兩人不僅全身衰弱，手腳還有嚴重的凍傷。山野井被背著，雙腳漸漸麻痺，他知道血流都被堵住了。治療凍傷必須要先讓血流順暢，所以需用擔架來運送傷患。但在這種地形、這種情況下，實在沒辦法奢望什麼。山野井將意識放在血流不順的腳尖上，感覺右腳的腳趾正一點一滴地壞死。

途中，他們碰到養犛牛的男子。他們帶著犛牛去運載基地營剩下的行李。兩個養犛牛的男子看見妙子的鼻子、嘴唇、臉頰受到嚴重凍傷，有如木炭一樣黑，都露出了感覺很痛的表情。

太陽下山了，氣溫也急遽降低，山野井在西藏人的背上不停發抖。

下到河谷，快到目的地的時候，整理好行李，帶著手持行李的葛爾千也趕上來了。從河流交會點的橋上，四輪傳動車司機和連絡官、連絡官助手正往他們走來。一行人突然活力十足，搶著要背山野井夫妻。山野井看見這幅景象，想到了日本的扛米袋競力大會，心中是一陣苦笑。

而被搶著扛的兩個「米袋」可是笑不出來。因為每次換人背、每次起步，都會增加身體的痛苦。

不過，最可憐的還是葛爾千了。他原本想在最後一段路上背著自己的「老闆」，也參加了這場競力大會，結果才一背起妙子就閃到腰。葛爾千難過得直搖頭。這幾天以來幾乎不眠不休，他也是相當疲憊的。

從格仲康峰冰河流出的河流，以及從絨布寺冰河流出的河流，兩河交會處有座小小的木橋。橋對面的山崖上有公路，四輪傳動車就停在那裡等著。山野井和妙子讓人背著渡過這座橋，才真正離開了格仲康峰死亡的雪白深淵。

坐上四輪傳動車已經是晚上時間。山野井夫妻和葛爾千隨著車輛在夜路上奔馳，往定日前進。雖然車上有暖氣，還是十分寒冷。

「好冷，好冷啊。」

山野井邊說邊發抖。

途中他發現回程的路似乎和去程不一樣。聽說是趕時間，抄了近路，因此路況不佳，震動很劇烈。每震動一次，山野井就呻吟一次。

車子在筆直的道路上奔馳，感覺路旁有一些小村落，這讓山野井的心中感到無比溫暖。

過了午夜十二點，終於抵達定日。

兩人被扛進旅館的大房間裡，山野井在昏暗燈光下看著自己凍傷的腳，不得不承認情況比看起來的要嚴重多了。趾尖乾裂了不說，連靠近指甲的部分也已經發紫發黑。手指的狀況也相當悽慘，凍傷的部分已經裂開，並滲出血來。

兩人吃完飯躺著休息，旅館的老婆婆好心拿來額外的棉被。但是當那又濕又重的棉被壓在身上，反而讓雙腳更痛了。

隔天早上八點，一行人從旅館出發。

在車上，妙子的胃潰瘍更嚴重了。經過保暖、再揉揉背部，情況才稍有好轉。後來一直到加德滿都的路上，葛爾千都在幫妙子揉背。

從定日到尼泊爾邊境的路上，盡是一片寂涼景色。山野井看著那片荒野，心中這麼想著。

不管什麼事情，只要做了一段時間之後，總是會膩的；體驗過後就會失去新鮮感。以前看到遠方發生大雪崩，心中還會產生感動，現在卻只會冷靜判斷，啊，這場雪崩大概兩秒就結束了。原本應該很特別的登山行，也變得像日常生活般索然無味。或許自己心中不再冀望一次又一次的登山，而只把它當成生活的一部分了。前幾年的人生，一直都是這樣停滯不前的。雖然不少人肯定他獨自登上K2南南東稜線的壯舉，他自己卻覺得這沒什麼了不起。最近幾年來，他的能力與鬥志完全沒有提升，成了零成長的平行線。這樣磨蹭下去不是辦法，也令他感到不安。或許，這次在格仲康峰發生的意外是當然的。就算這次躲得過，下次災難還是會落在頭上的。

不管怎麼說，這次他追求的登山已經失敗了。馬卡魯峰也好、賈奴峰也好，都沒辦法從高難度山壁登頂了。自己已經無法爬上那「絕對高點」了。但是，至少沒死，至少他還活著。

山野井心想，如果繼續爬下去，遲早是會死在山上的。他甚至想大喊一聲：快來個人阻止我啊！

這次或許是個機會，可以讓自己過著普通人的生活。即使他不知道這樣是不是真的已經滿足了。

西藏登山協會的負責範圍只到邊境上的「友誼橋」，山野井夫妻必須穿著悶熱的登山裝，坐在橋頭，直到葛爾千從尼泊爾境內找來搬運工為止。尼泊爾氣溫比西藏高得多，從那邊過來的人，頂多只會套件薄毛衣而已。

「我們真是稀有動物啊。」

山野井覺得他們兩人當下的樣子很好笑。

他們讓尼泊爾人背著走過「友誼橋」，來到尼泊爾邊境城鎮科達里的餐廳。葛爾千並不知道Cosmo Trek已經派車往這裡過來，正忙著找車前往加德滿都。

山野井在餐廳裡吃了西藏麵。妙子則是撥開油，喝了兩口麵湯。

葛爾千找了一輛小型計程車。

從邊境到加德滿都的路上幾乎都是下坡。氣溫會逐漸升高，樹木水草也會漸漸增加，梯田中結滿黃澄澄的稻穗。原本完成登山之後，應該以充滿活力的眼光欣賞這些風景的，而且一定會覺得很美吧。

然而妙子的胃痛讓她無心欣賞風景，山野井更是陷入沉思之中。

——已經無法到「那個地方」，也不用再去，著實鬆了一口氣。因為自己不會死在「那個地方」了。但是，明明是鬆了一口氣，為什麼還會這麼難過呢？

山野井想著。

——要不要金盆洗手了呢？在這裡結束好像也不錯。

自從十一歲開始登山，這還是山野井第一次想放棄登山。

計程車在日落之前，就抵達了Cosmo Trek旅行社的中庭。山野井看見大津夫妻和旅行社員工出來迎接自己，靦腆地笑著說：

「我搞砸了！」

接著，大家開始七嘴八舌起來。

「我還以為你們死定了呢！」

「如果不是山野井先生，肯定是回不來了！」

這些話聽在山野井耳中，並沒有欣慰的感覺。

「我不會再爬了。」

他悄悄地對自己說。他已經無法再挑戰頂尖的登山活動了……。

後來兩人搭上Cosmo Trek的車，被送到加德滿都市內的教學醫院。醫院裡的情況和野戰醫院簡直沒兩樣。

兩人坐著輪椅被緊急推入急診室。妙子想說應該不用那麼急，果不其然山野井跟走道上行人擦身而過時撞到了凍傷的腳趾，雖然山野井不覺得痛，但一聲清脆的「喀啦」聽起來卻相當悲慘。

進入治療室之後，醫生開始檢查凍傷情況，妙子拜託醫生：「反正一定是要截肢了，先幫我處理一下胃痛吧。」可是醫師卻慢吞吞地確認年齡和血型，妙子於是生氣地大喊：「快幫我打點滴吧！」

那天晚上，葛爾千帶著妻兒前來探望山野井夫妻。山野井拜託大津，除了薪水之外又多給了葛爾千五百塊美金的獎金。

3

第二天，兩人訂到飛往日本的航班。但兩人在回到日本之前都必須以輪椅代步。而且在抵達成田機場由家人帶回前，也都要有人看護才行。剛好奧田仁一要回日本，就有了一個看護，問題是還差了一個。於是大津找了雪巴人馬哈比爾與他們同行。馬哈比爾經常為日本登山隊服務，不僅懂日文，還讓隊員招待去過日本好幾次。

山野井和妙子由奧田和馬哈比爾擔任看護，手上包著繃帶，坐著輪椅進入航站大廈。葛爾千前來送行，並不停為了獎金道謝，但是為沒能照顧兩人回到日本，還是露出了寂寞的神情。

原本出境手續很花時間，但現在幾乎是自由通關，因為他們身邊有日本大使館派來的外交人員。山野井開心地幾乎忘了自己的病痛。他心想：

——凍傷似乎也不賴啊。

兩人坐著輪椅搭上飛往曼谷的泰國航空班機。飛機上人不多，可以躺在座位上。到了用餐時間，兩位看護要餵他們吃機內餐點，但妙子胃潰瘍，依然食不下嚥。

飛機抵達曼谷是下午六點。

山野井正擔心一件事：妙子會不會答應他的要求？要求是這樣的，從曼谷往成田的飛機還要五個小時以上才出發。在這段時間內，山野井想要租借休息室來用。雖然他自己睡哪裡都行，但為了負責看護的奧田和馬哈比爾著想，他希望能租用休息室。山野井不知道妙子會怎麼說，因為一間要價五十美金，而他們最少需要兩間。雖然妙子身體上的痛苦比山野井更嚴重，但他不覺得妙子會多花這筆錢。

山野井提心吊膽地說了自己的想法，沒想到妙子很爽快地答應了。原來妙子也正在為兩位看護著想。

在休息室裡面，山野井和妙子洗了十三天來的第一次頭。因為奧田先幫山野井洗了頭，馬哈比爾看了，也不認輸地幫妙子洗頭。

飛機飛往成田的途中，山野井擔心的是新聞媒體，說不定報社記者會以「遇難」為主題來採訪他們。

這次的經歷，嚴格來說並不是「遇難」。雖然下降過程極為艱辛，但是他們沒有接受任何人的救助。連妙子也只有在基地營之前的三百公尺，才讓人背了回來。正如妙子所說，如果沒人來救她，她還是會靠自己的力量走回基地營。不管花多少時間，妙子都會堅持到底的。不過兩人曾有一段時間下落不明，之後才被發現平安無事，被人當成「遇難」也無可厚非。而且兩人在艱困的下降途中都受到了嚴重的凍傷，光是這一點就免不了要上新聞。但是，山野井就是不想找藉口解釋這些事情。

飛機平安飛抵成田機場。兩人坐著輪椅通過出入境管理區的時候，有個管理官問了妙子：

「妳跌成這樣啊？」

除此之外，他應該想像不到鼻頭發黑的其他理由了吧。

「嗯，差不多吧。」

妙子並沒有多做解釋。

幸好，兩人沒有被記者包圍。因為社會版的新聞記者正忙著採訪其他消息。就在山野井夫妻回國的三天前，在北韓被綁架的五名日本人平安返國，記者全都忙著去採訪他們了。

山野井的父母、叔叔，還有登山同好在入境閘門外等著，一接到人，馬上就把他們送往墨田區向島的白鬚橋醫院。這家醫院有位日本屈指可數的凍傷手術專家。妙子在十一年前攀登馬卡魯峰受到嚴重凍傷，也是由那位醫師動手術。

在醫院裡，那位醫師一看見妙子便說：

「看來，我跟妳孽緣真是斷不了啊。」

然後又叫出了妙子娘家的姓。

「但是，給我動過手術之後還活著的，也只有長尾妙子一個了。」

這並不是說給他動過手術的人都會喪命，而是像加藤保男、小西政繼等登山家一樣，再次登山，後來都死在山上。

有位女護士看了山野井的手，被繃帶綁得像猜拳時出的剪刀，開玩笑的說：

「你怎麼包成像剪刀手外星人一樣？」

山野井喜歡這個玩笑，覺得輕鬆不少。如果隨便同情他，反而會覺得更不愉快吧。

第十章　失去與收穫

剛開始重回攀岩戰場時，可說是和剛出生的嬰兒沒兩樣。過了一陣子，他就發現自己已經上了登山幼稚園。再過一陣子，便上到登山小學。這時候，山野井明白了一件事情：他正在重新體驗自己的登山人生。

1

住進醫院之後的十天內，兩人一直打著點滴，點滴內容是營養劑、血管擴張劑。妙子的點滴還加了胃潰瘍治療藥物。

血管擴張劑的功用是盡量讓因凍傷而乾裂的肢體能夠重生。雖然外皮發黑，但是剝下皮之後裡面可能仍有血色，不然就是外面有血色，裡面卻壞死了。血管擴張劑就是要增加血流的流通範圍，盡量增加有血色的部分。

凍傷的手指已經碳化，變成了黑色的棒子，既皺又彎曲，跟木乃伊差不多。手指就像套了矽膠套一樣，一點都不痛。用指尖敲桌子，也完全沒有感覺。如果要截肢就算了，要是不小心折斷，倒可能會讓健康部位的骨頭產生裂痕。

山野井右腳的五隻腳趾，以及左右手的無名指和小指，似乎確定要截肢了。右手中指的情況很難說，要等動手術才知道那些部分還活著。

原本令人擔心的妙子臉部的凍傷，正慢慢隨著時間恢復，腳趾也不需要切除了。不過手指確定要全部截肢。這麼一來，就只剩下兩個手掌了。

經過幾天妙子能夠活動身體之後，便馬上開始在床上練仰臥起坐。

長久登山下來，身體受到了各種的傷害，尤其腰痛更是令她困擾。如果腹肌無力，腰痛就會更加嚴重。為了預防腰痛便練起仰臥起坐，這也是為了下一次的登山之旅。但是，大概只能做像健行一般程度的登山吧。雖然經歷了格仲康峰那樣可怕的登山經驗，妙子依然不想放棄登山。

而山野井在病床上的日子，可用茫然二字來形容。從十一歲初次登山開始，山野井第一次度過了不想爬下一座山的日子。

——或許不再爬山了吧？

回顧自己的人生，山野井甚至認為在日本的登山家之中，應該沒有人比他更愛登山、更堅持登山的了。從十一歲開始登山以來，從早到晚想的都是下次該爬哪座山，可說沒有一天不想著爬山的。

這樣的山野井，如今卻想放棄登山。他對這樣的自己感到不可思議。

然而，接二連三到來的訪客卻完全沒有顧慮到山野井的心思，不停地問他：

「那麼，你明年想爬哪座山呢？」

當然，這是他們鼓勵山野井的方式，誰也沒想到他竟然想放棄登山。

山野井又想著他一直是個高傲孤寂、單打獨鬥的人。可是現在，每天來訪的賓客竟然川流不息。原來他只是自以為孤單，竟沒發現這麼多的朋友都在身邊。這個發現，讓他幾乎想笑出聲來。

他知道自己之所以能夠跟這麼多人認識，有一半以上是妙子的功勞。妙子乍看之下很不親切，卻是個細心體貼的女性，她的細心會吸引人們貼近。事實上，山野井也發現自己和父母的互動更密切了，姊姊的孩子們會來找他玩；教導他登山樂趣的舅舅，也再次跟他有了良好的關係。不只是山野井的親人，好朋友們也是一樣。山野井的家中慢慢有了朋友造訪，一同享受登山的樂趣，這是他與妙子一同生活之前絕對不會發生的事情。

山野井此刻依然躺在病床上發呆，什麼事情也不想做。妙子有些擔心，便來到病房探望他。

「我正在鍛鍊腹肌和背肌呢，你也活動一下吧。」

但山野井聽了卻毫無反應。

「不用了。」

山野井就像飢餓難民一樣，大吃醫院伙食，還猛啃探病親友帶來的點心。不僅如此，他還拜託每三天來收換洗衣物的母親，帶了一大堆洋芋片之類的小零嘴，整天吃吃喝喝。

爾後，山野井的肝臟出了點問題，GOT和GPT數值異常升高。可能就是這種偏食生活所造成的吧。一有這種狀況，山野井馬上戒掉所有的甜食和零嘴。

或許這是對自己身體的一個醒悟契機。至少，山野井心中開始有了一種意志，一種要將自我身體損傷降到最低的意志，似乎也因此恢復了爬山的鬥志。

山野井的朋友與主治醫師都希望他往後能夠繼續爬山。因為目前的治療與手術，就是以讓他能夠重新爬山為基礎。

夫妻倆在手術前與醫師做了確認。眼前有兩種治療方式，第一種需要較長的時間，但是可以讓切除後的手指稍微變長；另一種則是做好心理準備，留下少許的幾公分手指，直接縫合切面，盡快做出強韌表皮。

當時山野井毫不猶豫地選擇了讓手指變長的療法。妙子雖然從經驗上知道直接縫合可以長出較強韌的皮膚，但是這時也希望能盡量救回一些指頭。喜歡做日式料理的妙子，至少希望自己還能夠拿得起筷子。

某天，醫師問了妙子一個問題。

「妳先生夠強壯嗎？」

妙子知道醫生問的不是登山時的強壯，而是對疼痛的忍受度。所以妙子的回答毫不遲疑。

「很強。」

聽了妙子的回答，醫師點了點頭。

「是嗎。」

一段簡短的對話，就決定了山野井要同時進行左右兩手的手術。事實上，光是單手的疼痛就會讓人難以忍受，雙手同時動手術或許是真的太過勉強。不過山野井本人也很配合，心想反正要動手術，一起做應該比較簡單吧？

手術的順序決定了。首先是山野井雙手的手術，結束之後馬上再進行妙子右手的手術。妙子的左手預計在這次手術一週後進行，而山野井的腳部手術則是再往後兩週。山野井的腳部手術不像雙手只要切除即可，而是用自己的大腿拿皮膚移植到切面上。為此，移植手術又需要三個星期的間隔。也就是說，從第一次手術到最後一次手術之間，整整需要一個半月的時間。

十一月下旬，山野井的手部手術開始。首先從腋下注射麻醉劑，但毫無效果。醫師用了一個像鑷子的尖銳工具刺山野井的手心，問他會不會痛。

「挺痛的。」山野井回答。

醫師又在他腋下打了好幾支麻醉針，但是每次用尖銳工具刺手心，山野井還是覺得痛。所以醫師只好放棄，從手心直接注射麻醉劑。這可是會讓人痛得大叫的。

手術一開始，醫師用電鋸切斷因凍傷而完全壞死的部分。接著用一種類似扳手的工具，將剩餘的壞死組織拔掉，以確認剩下的手指有哪些部分還活著。雖然不痛，但拉扯的時候骨頭會有感覺。醫師和傷患之間有一道簾幕隔開。山野井雖然看不到手術過程，從伸出去的手上傳回各種震動，多少可以感覺到醫師在做些什麼。最後再用電鋸切斷骨頭，並磨平成完整的截面。因為肉如果長在突出的骨頭上，之後會很疼痛。要是切斷之後的指尖撞到什麼東西，骨頭的尖角就會插到肉。所以骨頭要切的比周圍的肉更低一些，再把周圍的肉縫合起來包住指骨。以後肉就會自然生長，並長出強韌的皮膚。

山野井之前就知道右手的無名指、小指還有左手無名指、小指必須切除。醫師也對他說明右手中指從第一關節以下也要切除。住院後沒多久，醫師曾經指著他的手指對他說明「哪隻手指要從哪裡開始切除」，當時他並不覺得驚訝。但在手術進行中，醫師剝開右手中指的皮膚之後，對他說：「不只第一指節以下，第一指節以上也不行了。」這時，山野井心中燃起了沒來由的怒火。

——可惡，這樣不就更難登山了嗎？

山野井心中還是想登山的。

雖然醫師以熱誠與愛心為他進行手術，但每一道手續都讓他心生疑惑。醫師明明已經老花眼了，卻又不喜歡戴眼鏡，進行精密動作時顯得有些遲緩。因此山野井在動手術之前就拜託醫師：「請一定要戴眼鏡喔。」妙子在動手術切除手指時也開玩笑地對醫師說：「醫生，小心點，小心點。」

山野井的父親等在手術室外頭，第一個躺在擔架床上被推出來的是山野井。手術之後的他臉色蒼白，身體還微微顫抖。

但是，一小時之後被推出手術室的妙子，則是和女護理師談笑風生。雖然和山野井不同，她只切除單手手指，但她的狀況實在是好得驚人。山野井的父親不禁要在這個奇怪的點上佩服妙子了。

山野井的父親曾經聽過妙子的小故事。當她從馬卡魯峰回來被送進醫院的時候，剛好也有剁小指的黑道成員被送到同一家醫院來。由於實在太痛了，那個黑道份子大吵大鬧，於是看護師就對他說：

「不過一隻小指，怎麼這麼吵？女生病房裡可是有人切了手腳一共十八隻指頭，一聲不吭的呢。」

據說後來，那位黑道份子還帶了點心禮盒去探望妙子。

另外，還有類似的小故事。

在妙子住院的期間，有另一個凍傷的男性登山家也在同一家醫院。當時他忍不住疼痛而大吵大鬧，看護師對他說：

「你要向長尾小姐看齊啊。」

年輕登山家一聽，便坐著輪椅來到妙子的病房探望她，然後對她說：

「長尾小姐，妳這樣害我很難看耶，多少哭一下啦。」

手術結束之後的山野井，回到病房，兩手被固定高舉，躺在病床上休息。

血止了之後，疼痛就嚴重起來了。等麻醉效果完全退去，更是痛到連有人在旁邊走動都會生氣。

——拜託，別在我旁邊走來走去啊！

手上的疼痛讓山野井大叫。

可是接下來動完手術的妙子，卻高舉著右手走到山野井的病房來。

「很痛吧。」妙子說。

山野井點點頭，於是妙子又接著說。

「不過，我不覺得有多痛就是了。」

一聽到這句話，山野井目瞪口呆，只能在心裡默念：

——我輸了。

不過，妙子一週之後進行的左手手術就不像右手那麼輕鬆了。手術後的痛楚與山野井不相上下，但過了一陣子，山野井的父親又看見妙子在照顧同病房的高齡病患，彷彿她的手一點也不痛似的。

切除後的手指切面終於長出了鮮紅的新肉，看起來就像一朵朵綻放的鬱金香，也像切開的熱狗在平底鍋上油煎裂開的樣子。如果新肉往切面中央生長還好，目前卻往旁邊生長，看起來像香菇。醫師說傷口癒合要花四週的時間，完全復原則需要兩個月。

主治醫師似乎很喜歡這兩個人。因為他可以跟山野井夫妻討論登山，聊聊共同的朋友。醫師自己也曾經登過喜馬拉雅山脈，而且到過巴基斯坦、阿富汗進行醫療活動，是個冒險型的醫師。醫師跟山野井夫妻閒聊的時間之長，甚至讓山野井感覺到護士們的不悅。

「在想下次要爬哪座山了嗎？」

醫師問山野井。

「打算去哪裡？」

不用醫師開口，山野井的心已經慢慢回到山上了。有時候到公園散步看見單槓，還會想拉幾下鍛鍊體力。

妙子只需動手部手術，而山野井還有腳上的手術要做，它的疼痛可是比手要強上好幾倍。

事前山野井已經被告知這個手術將會帶來無比疼痛，於是聽從醫師建議，事先在體內安裝可以從脊椎往脊髓打麻醉藥點滴的裝置。只要感到劇烈疼痛，就可以按下腹部裝置，自己給自己打麻醉。白鬚橋醫院無法進行這項手術，要請飯田橋的東京警察醫院執刀。

雖然辛苦裝上了這個裝置，動完手術之後，山野井卻決定將它拆除。他認為長期給自己打麻醉，對身體不會有好處，即使那種疼痛確實非同小可。

切除腳趾的疼痛他還忍得住。剛切除之後的疼痛也撐過去了，真正難以忍受的，是進行皮膚移植之前的傷口消毒動作。切除的傷口會分泌黃色的分泌物，並且凝固起來。首先要用流水清洗，以紗布擦乾淨，再塗上消毒水。光是一滴水滴在傷口上，就會痛到讓人叫出聲來。一開始是由醫師將水盛在手上，然後一點一滴慢慢洗。即使如此，還是痛到讓山野井以為他要把牙齒給咬斷了。

第二次是護士來洗，但她不忍心看山野井滿頭大汗咬牙忍耐的模樣，差點想半途而廢。山野井最後還是咬著毛巾，把痛楚往肚子裡吞，撐過去了。

過了兩個星期，總算習慣了這種痛苦。

移植手術需要從大腿切一塊長八公分、寬五公分，總共四十平方公分的皮膚，那個地方會有好一陣子像因幡的白兔（註：日本神話，毛皮被海風吹裂剝落的白兔）一樣血淋淋的。

山野井的父親看見手術之後短短的手指，不滿地嘟噥了起來。

「手指一定要短成這樣不可嗎？能不能想點辦法啊？」

山野井聽了反而覺得奇怪。他們被輪椅推回日本的時候，父親明明就說，不管怎樣，能活著回來就好，現在卻抱怨起短短的手指來了。

有朋友帶著年幼的孩子來探望他。那孩子看著山野井的手指覺得很奇妙，便問他說：

「為什麼手指不見了呢？」

山野井笑著回答：

「因為在山上沒東西吃，只好把手指吃掉了。」

孩子一聽，一臉驚恐地望著山野井。

妙子曾經看過那種驚恐的表情。以前她在御嶽山的旅館打工，碰上黑道模樣的人們前來住宿。住在同間旅館裡的孩子看見那個客人沒有小指，便問他：

「你的小指到哪去了？」

結果那位客人絲毫不生氣的笑著對孩子們說：

「一不小心就搞丟啦。」

孩子們當下也是一臉驚恐，還一起幫那位客人找起小指來了……

山野井對於失去手指的事實並不覺得有多慘痛，甚至在手術前還想過放棄爬山。但是隨著登山的意願逐漸浮現，他才了解到自己失去了多麼重要的東西。

2

妙子的腳部凍傷並不嚴重，還能到醫院外的便利商店買點東西。但現在雙手的十隻手指全都沒有了，要買東西時，必須把錢包當成神像的金牌一樣掛在脖子上，然後低頭請店員從錢包裡面拿錢付帳。看見這個景象，山野井的父親又有了新的感觸。一般女性絕對不會讓人看見自己這副模樣，而妙子跟以前相比卻絲毫沒有改變呢。

山野井切除了腳趾，所以要靠輪椅行動。兩個月之後，總算可以自己走動。這代表該是出院的時候了。

山野井夫妻出院之後，暫時先安身在山野井的千葉老家。

山野井的母親看見妙子的雙手，心下決定了要照顧夫妻倆一輩子。山野井勉強還能回到社會上工作，但妙子已經一根手指都沒有了。山野井的母親心想，不管妙子多麼喜歡做家事，之前又多麼擅長，現在也沒辦法再做什麼了。幸好，兩老目前過著悠閒的退休生活，也很喜歡妙子，照顧她是沒問題的。

過了一星期，山野井夫妻就回奧多摩去了。

雖然妙子覺得還可以多留一陣子，山野井卻忍受不了這麼久。雖是他生長的故鄉，但是沒有樹木、沒有花草、沒有岩石、也沒有流水，只有房屋和柏油路，讓他難以忍受。

回到奧多摩之後，家事還是由妙子負責。

一開始她連菜刀也拿不起來，但過了一段時間，漸漸就上手了。就算沒有手指，只要用手掌包住菜刀柄還是可以切東西的。後來妙子連筷子都能用了，她學會了如何用僅剩的虎口夾住筷子，然後用手掌握住來加以控制。

對妙子來說，最重要的就是能用菜刀和筷子。只要還能使得上這兩樣東西，她就覺得非常幸福了。

喜歡看書的妙子也找出了翻書的方法。光靠手沒辦法翻書，因此她學會用筷子來翻書的技巧。

但是，沒有手指的妙子沒辦法洗頭。切面還沒有長出堅韌的皮膚，無法使用，只好和山野井一起洗澡。山野井雙手總共還有五隻完整的手指，所以會順便連身體一起洗。

山野井偶爾會對來訪的朋友害羞地提到這件事。

「這應該就是最棒的夫妻之情了吧。」

生活還算過得去，但寒冷的天氣卻讓山野井煩惱。即使家裡已經點了兩台暖爐，切除腳趾的腳尖依然覺得冷，這是他從未體會過的事情。

於是他們在朋友的勸說下，來到伊豆的別墅過冬。

這間房子位在城之崎海岸附近，兩人在攀爬海邊岩壁的時候常常經過。房子建造在坡道旁邊的窪地上，在伊豆當地並不算溫暖，但比起冬天只有兩三個小時曬得到太陽的奧多摩，還是好得多了。

兩人住在城之崎的時候，白天就在有著許多山崖，曾經有電視台懸疑劇來取景的公園散步。少了右腳腳趾讓他很容易跌倒，每次跌倒，腳趾的截面就會滲出血來。

兩人看著他們曾經爬過許多次，而且開闢出路線的海岸岩壁，不自覺地有了下面短短的對話。

「應該不行了吧。」

聽山野井這麼說，妙子也沒問什麼，只是淡淡回答。

「我想是不行了。」

兩人有了共識：他們已經無法像以前那樣攀岩了。

但才過了幾天，他們又有了相同對話。

「應該不行了吧？」

「應該是不行了。」

日本國內對這次的格仲康峰之行，可說反應不一。朝日新聞的報導內容應該是最具代表性的了：

「在險峻岩壁與喜馬拉雅高峰上挑戰極限攀登的山野井泰史先生（三十七歲），今年十月於中國・尼泊爾邊境，從格仲康峰（標高七九五二公尺）北壁獨自登頂成功，卻於下山時碰上惡劣天候，手腳受到嚴重凍傷。他與同行妻子妙子（四十六歲），逃出隨時可能發生雪崩之北壁，可謂是極限的求生體驗。」

除了這則報導之外，大多是屬於善意的報導。不過，網路上也有類似「山野井泰史挑戰格仲康峰是個敗筆」的留言。一般民眾對這次事件的看法還是以「遇難」居多，山野井本人對此倒沒有太多意見。

所以，當朝日新聞社詢問他是否有意願接受「朝日運動獎」的時候，山野井確實感到相當意外。頒獎的理由是：「表彰阿爾卑斯風格登山的世界級成就」。

接這通電話的時候，山野井還在住院。當時他答應領獎，請父親推著輪椅與他一同出席頒獎儀式，在那裡又讓他吃了一驚。原來除了他之外的領獎者，還有日本足球代表隊成員，游泳蛙王北島康介；還有高爾夫球好手丸山茂樹，都是各界的知名好手。

過了一段時間，又有人邀請他接受「植村直己冒險獎」。這個獎是頒給他和妙子兩個人的，所以山野井很開心。領獎的冒險項目是「格仲康峰登頂成功」，雖然妙子當時並沒有登頂，但是下降路程中確實有一部分是靠她的力量才能完成。這次登山的成就，並不是山野井一個人的。

夫妻倆為了領獎，還特地來到植村的故鄉，兵庫縣日高町。

雖然接連獲獎，兩人的心境卻沒有太大的變化。因為山野井已經得到了比任何獎項都要珍貴的東西。

出院之後，兩人暫住在千葉老家的某一天，英國的道格．史考特不知道從哪裡問到電話號碼，竟然打來找山野井。他好像是受到日本登山協會邀請來到東京，聽說山野井的事情，因此打了電話來。

六十多歲的道格．史考特在電話中提到，他即將攀爬的西藏高峰。

「泰史有聽過這座山嗎？」

「當然知道啊。」雖然記憶不是很鮮明，但是史考特的語氣非常興奮，影響了山野井，使他脫口而出。

在電話裡面，道格．史考特對格仲康峰之行給了評價：

「泰史，這趟登山很不錯喔。」

這句話讓山野井獲得了無比的安慰與欣喜。

掛上電話，他心中的興奮之情仍未消失。山野井心想，道格．史考特都已經這麼大歲數了，還興致勃勃地想登山。真是太棒了。

或許就是那一瞬間，山野井在格仲康峰上被冰凍的登山家之魂，又開始火熱燃燒起來。

3

時值春暖，夫妻倆從城之崎回到了奧多摩。

兩人的生活慢慢恢復以往的節奏。

五月，他們去爬了住家附近的御前山。這是從格仲康峰回來以後，兩人爬的第一座山。御前山標高一四〇五公尺，是一座兒童都能健行登頂的小山。他們兩手抓著雪杖，小心翼翼地開始往上走。很意外地，兩人的速度並不輸給其他登山客。但是下山時，腳趾的截面會摩擦鞋尖，開始隱隱作痛起來。沒有腳趾容易失去平衡，有好幾次差點跌倒。回到家脫下鞋子一看，襪子已經被鮮血染紅。原來腳趾截面上好不容易長出來的薄皮，走到都裂開了。

不過，他們總算是又能夠上山，並且下山。這是一劑強心針。

接著，兩人又登上高水三山、三頭山，以及笠取山。雖然行走時像個老頭子般辛苦，但山野井的腳步確實是越來越穩健。

八月，他終於去了一直很想造訪的屋久島。

九月，他前往相當於自家後院的御岳溪谷，重新開始自由攀岩。自由攀岩必須穿上剛好合腳的攀岩用鞋。在穿鞋子的時候，山野井很怕把腳上的皮給撞裂開。不過，小心穿上鞋子，開始攀岩之後，以前的手感一下子都回來了。

於是，他又開始挑戰更難的山壁。原本以為無法攀登的路徑，某天居然成功爬上去了。這種欣喜是難以言喻的。能攀岩很高興，成功攀岩更高興。攀岩結束後回到家，一想到明天還能攀岩，心中就興奮莫名。山野井再一次體會到自己有多麼喜歡攀登山壁。

剛開始重回攀岩戰場的時候，可說和剛出生的嬰兒沒兩樣。過了一陣子，他就發現自己已經上了登山幼稚園。再過一陣子，便上到登山小學。

這時候，山野井明白了一件事情：他正在重新體驗自己的登山人生。而且，成長的速度比自己的想像更驚人。原本以為絕對辦不到的路徑，只要堅持下去，花個幾週就能征服。醫師說要長出新的肌肉大概需要兩個月，所以這應該不是靠肌肉爬上去的。他心想，在不斷的失敗中，大腦自然就會找出征服路線的方法，然後由神經連接手腳，才能登上自己認為爬不上去的地方。

他剛到奧多摩的時候，曾經取得房東同意，在老房子的地下室裡面做了一個人工攀岩場。也就是在牆壁上安裝各式各樣的突出物，用這些點爬上天花板，或是從房間的一邊爬到另一邊。

山野井夫妻都很喜歡動物，但是成天登山是沒辦法養小貓小狗的。狗還可以寄養在朋友家，貓就不行了。

但他們曾經有一段時間養過一隻流浪貓。當兩人在人工攀岩場上展現高難度技巧時，那隻貓就會在下面靜靜地當觀眾。兩人怕不小心摔下來會壓到貓，老是叫牠躲遠一點，貓還是充耳不聞，繼續欣賞。當兩人下來休息，貓還會模仿他們開始攀岩。雖然才爬上第一塊突起便摔了下來，貓還會不甘心地往上看，然後繼續攀登。這景象讓山野井夫妻相視而笑：「原來牠也想爬到上面去啊。」

貓兒失敗了幾次之後，便厭煩不想再爬了。山野井夫妻卻從不厭煩。因為他們從經驗知道，只要不斷練習，總有一天爬得上去。

就算手指沒有了，只要不斷練習，還是可以爬上去。他們清楚地感受到自己的成長，那是一種單純的愉悅。少了手指和腳趾，絕對會限制一部分的成長。但是只要堅持，在碰到極限之前還是能夠不斷進步。山野井是這麼認為的。

妙子的肢障等級原本是三級，現在重新認定為二級。在身體障礙程度等級表中，妙子符合「肢體障礙」的第二級項目，也就是「缺少左右上肢的所有指頭」。妙子現在的左右上肢，也就是雙手，確實都沒有指頭了。第一級是身體幾乎無法動彈的人，也就是說，妙子現在的艱苦，僅次於他們而已。

人類的手腳共有二十隻指頭，而妙子身上還沒被切除的指頭，只剩下左腳的小指和無名指而已。在世界的頂尖登山家之中，被切除了十八隻指頭的大概只有妙子而已吧。因為其他受到這種程度凍傷的人，都已經不在人世了。但妙子受了兩次的嚴重凍傷，還能活著回來，妙子的手腳，正是她強壯的證明。

一般人失去一隻指頭，或許會感到絕望。但失去十八隻指頭，並沒有讓妙子感到悲觀。因為她是做自己喜歡的事才失去了指頭，沒有必要後悔，也沒有必要怨恨，回不來的就是回不來。重要的是，往後該如何用這雙手活下去。

隨著時間流逝，妙子漸漸找出沒有手指也能使用工具的方法。切得動堅硬的南瓜令她高興，能夠拿針線縫補衣服更是高興。不過，把線穿過針眼，還是得靠山野井幫忙。

但是被認定為第六級肢體障礙的山野井，卻無法像妙子那樣達觀。當他開始練習自由攀岩，試著重啟登山生涯的時候，便體會到失去手指的嚴重性。

在住院的時候，負責幫他復健的醫師，曾經說過：山野井左右各剩下的三隻手指，會比一般人的更加發達。但是如果還想使用被切除的手指，忘不掉已經被切除的手指，剩下的手指也不會變強壯的。當他把切除的手指忘個乾淨，讓大腦妥善連接剩下的手指，才能使它們更加成長。

可惜，就算想忘，還是忍不住會想起那些指頭。

打個比方，在山野井切除小指頭之前，是從來不曾注意到它有多重要。他在少年時期曾經練過劍道，當時師父說一定要用小指扣住竹劍。如果沒有小指，握東西就使不上力。有時候他也會想，右手中指如果能再長一些就好了。再長一點，就能抓住那個岩角了。

「如果手指還在就好了。」

山野井從來不對他人抱怨這件事，只有對妙子才會吐露他的不甘心。爬不上山壁，讓他恨得牙癢癢的。但妙子也只能安慰他，沒有的東西就是沒有了。

山野井曾經想過，妙子乾脆的個性，或許是她母親遺傳下來的。妙子的母親雖然是個非常愛擔心的人，但是她到醫院探視妙子，看見女兒雙手一隻手指都不剩，並沒有什麼特別的反應，自然地就接受了這個事實。

「果然有其母必有其女啊。」

聽山野井這麼說，妙子笑著回答。

「說不定我媽只是搞不清楚情況。」

「是這樣嗎？」

「上次去馬卡魯峰回來，切掉好多手指頭，我媽還問醫生什麼時候指頭會長回來呀。

或許她以為這次手指也會長回來吧？」

雖然最後手指沒有長回來，妙子還是重新開始登山。這次的冬天，兩人依然來到朋友在城之崎的別墅過冬，但與一年前不同的是，這年兩人都能攀爬山壁了。

沒錯，以往拿來暖身的低難度路線，現在爬不上去了。沒有手指，能抓的地方也有限。即使如此，他們依然找得到攀爬路線。

兩人在攀岩的時候，附近有幾位跟他們年齡相仿的登山家，受到兩人的感動而上前攀談。他們知道格仲康峰所發生的意外，也知道兩人手腳的現狀。這樣的兩人還堅持攀岩，讓他們大受感動。而山野井本身，也因為自己竟然能接受對方的讚美而感到驚訝。雖然部分讓他很想「吐槽」。因為那些登山家說：

「你們這樣竟然還能夠來攀岩，現代醫學真是太了不起啊。」

山野井心想，醫學技術只是把我們的指頭切除掉而已，了不起的應該是我們兩個人吧。

4

出院的那一年，山野井夫妻在夏天去了屋久島，兩個月後又到達中國。

當時有位以山岳為寫作題材的女性作者邀請兩人到四川省健行。山野井很擔心自己沒辦法走完全程，但對方說走不動還可以騎馬代步，他就決定出發了。

飛機抵達成都之後，搭上由中國當地旅行社導遊所駕駛的四輪傳動車，從成都往西行約兩百公里，便來到稻城。健行的行程是在夏諾多吉（金剛菩薩）峰、仙乃日（觀音菩薩）峰兩座無人登過的山峰底下漫步，相當輕鬆。

與他們一同健行的中國導遊，不只能力十足，還會說日語。

健行過程相當令他們滿意，在回成都的路上，山野井沒特別的用意，隨手給大家看了一張照片。那是義大利一家登山裝備製造商所出的攝影集中，某張高山的照片。

照片裡的岩壁垂直衝往天際，標題則是中國的某處。自從看了那張照片之後，山野井就一直耿耿於懷。所以這次來到中國，便順道把照片帶在身邊。

當他把照片拿給導遊看的時候，並不期待有人可以光看這張岩壁的照片，就能從廣大的中國土地上找出正確位置來。沒想到導遊一看照片，竟然知道是在哪裡拍攝的。照片裡的山壁是四川省的布達拉峰，只要繞點路，還可以在回成都的路上順便經過那座山。

山野井來到導遊所說的地方，看到照片中的偉大岩壁，心中十分感動。

仔細一看，岩壁上有裂隙。如果用這些裂隙連成路線，或許可以登頂吧。於是他拍了好幾張照片，回到日本後便開始檢討。據說這面山壁還沒有人征服過，標高五千五百公尺，其中大約有一千公尺的山壁接近垂直。真有趣，就爬爬看吧。

這是他在挑戰喜馬拉雅之前相當熱衷的大岩壁攀岩，如今他要再次挑戰。先爬一點點，然後下來拿裝備，再往上一點點。用這種方式的話，大概要連續爬兩週才能登頂。以他現在的身體狀況能不能在山壁上支撐兩週，是個問題，但是他相信只要發揮現有的能力，是可以登上這面山壁的。

一年後的八月，經過漫長準備，山野井再次前往成都。他做了一定的訓練，心中也充滿登頂的鬥志。

這次他直接前往目標的布達拉峰。同行的妙子則是與一起前來的遠藤由加等人，去攀爬布達拉峰附近的岩壁。

山野井光是把攀登工具和食物搬到山腳下，就花了三天的時間。

終於，要開始攀登了。

很可惜，他才爬了一個節距，也就是五十公尺，就精疲力盡了。山壁面北，完全沒有陽光，再加上當地常常下雨，甚至還會降雪。當天對降雨和降雪的準備不夠充分，所以山野井全身溼透，冷得發抖。

大概爬了兩百五十公尺，山野井才放棄。妙子的隊伍也沒能登頂，已經先回到基地營了。遠藤在營地看見山野井的臉便說：

「你看來老了不少喔。」

雖然身體十分疲憊，山野井的心卻充滿光明。

——明年要再來挑戰一次。

當初挑戰菲茨羅伊峰失敗的時候，山野井也這麼想過。當時他心中有個障礙，認為不克服這座山，就無法往前邁進。

但今天的「再挑戰一次」，意義卻完全不同。山野井有了新的目標，並享受著單純的喜悅。

尾聲　又見格仲康峰

萬里無雲的天空，在傍晚時分依舊呈現美麗的深藍色，
並襯托著雪白聳立的格仲康峰。

山野井和妙子從四川回來之後過了一個月，於九月前往加德滿都。因為有人邀請他們與喜馬拉雅健行隊同行。

山野井一直有一個想法，那種掛上知名登山家名號，「跟某某人一起前往喜馬拉雅」的旅行團行程是很丟臉的。他實在不想做這種事情。

但是，在攀登格仲康峰期間相當照顧他們的Cosmo Trek大津，以及在日本幫了他們不少忙的兩位旅行社職員，拜託他們參加「與山野井、妙子夫妻一起前往喜馬拉雅」的旅行團，這要是拒絕的話就太不給面子了。當他正煩惱該怎麼辦時，有個人的話敲醒了他：如果你是為了幫他們的忙而接下這份工作，又何必在意他人的眼光？這不就是你的生存之道嗎？山野井聽了，總算豁然開朗。

旅行社準備了兩套行程，山野井夫妻選擇可以看到安娜普納峰的那一團。該團團員和他們年紀比較接近，途中有很多辛苦之處，但是也不乏歡樂，而且至少是還了大津夫妻的人情。這點就讓他很滿足了。

夫妻倆回到加德滿都，與旅行團分開之後馬上就前往西藏。兩人參加這趟旅行團的另一個理由，就是能在回程時經過西藏。他們希望再去一次格仲康峰。

往格仲康峰的路程與兩年前一模一樣。從加德滿都穿越國境，進入西藏，經過聶拉木，再往定日前進。

唯一不同的是，這次兩人身邊沒有葛爾千，只有日本的朋友。這位朋友的年紀比夫妻倆大上不少，而且完全沒有登山經驗。在山野井提到自己想再去格仲康峰時，他便希望自己也能去一趟。當山野井想要發揮自己的所有能力，挑戰高難度登山的時候，是不希望有別人同行的。但這次前往格仲康峰，目的並不是爬山。人多一些，旅途也比較愉快，三個人就這樣出發了。

當然，即使不登山，還是要去一趟基地營。光是基地營的海拔便有五千五百公尺。山野井原本擔心這位完全沒有登山經驗的老先生，會不會有什麼問題，但是在日本與他試著攀登富士山的時候，他的體力卻出奇的好。先不論速度如何，老先生對高度的適應力是很不錯的。

一行人在聶拉木先爬過一座山，用來適應高度，接下來，就看能夠沿著格仲康冰河往上走到什麼程度了。

這次他們沒有犛牛，三人分別用背包裝著必要的帳棚、睡袋和食物步行前進。他們不走河岸，改經過石礫堆積如山的小丘陵，抄近路過去。這條路，就是當初三位西藏人背著嚴重凍傷的山野井夫妻下山的道路。

走在滿是石礫的坡道上，兩位男士各自負責領頭和殿後，指示踏腳點，總共花了三天兩夜，終於抵達基地營。

抵達基地營的兩天後，山野井和妙子吃完早餐，背著空背包，把老先生留在基地營，逕自前往滿佈岩石的冰磧石地帶。這次的目的不是爬山，而是要去兩年前放鞋子的站點。當時下山太過辛苦，不得不把行李全都棄置在那裡，東西現在應該還在那邊。

山野井夫妻就是為了回收留在此地的行李，也就是格仲康峰的垃圾，才特地回來一趟的。

傍晚，基地營裡的老先生發生輕微的高山症，一臉茫然地坐在自己的帳棚前面，看見山野井夫妻從冰磧石地段上慢慢走了回來。

山野井的手上只有一個生鏽的空罐。看見老先生一臉疑惑的表情，他微笑著說：

「結果只找到這個。」

山野井說，原本以為這條冰河活動沒那麼旺盛，但這次一看，之前做好的幾十個石路標全都不見了。周邊的地理景觀也大幅改觀，不僅是綁上布條當地標的棒子，連當初那塊岩石也消失了。看來這兩年之間，格仲康峰的冰河應該帶著岩石走了不少距離吧。雖然找了好幾個小時，還是沒能發現當初的行李。只找到這個可能是美國登山隊留下的空罐。

兩人疲憊地回到自己的帳棚中。

老先生依然坐在帳棚外，看著格仲康峰的北壁。萬里無雲的天空，在傍晚時分依舊呈現美麗的深藍色，並襯托著雪白聳立的格仲康峰。

老先生突然想到，今天是哪一天呢？他開始用迷糊的腦袋推算起從加德滿都出發後經過了幾天。他們是九月二十七日出發，今天已經是第八天，那應該是十月四日了。

這麼看來，明天就是山野井和妙子前往格仲康峰攻頂的兩週年。兩年前的今天，也應該是這樣的好天氣吧。山野井在前往基地營的途中說過，每放晴一天，就等於壞天氣又接近一天，令人百感交集啊。

這時候，老先生聽到從山野井夫妻的帳棚中傳來一個聲音。

「結束了。」

是山野井的聲音。沒聽見妙子回應，應該是點了點頭吧。然後老先生又聽見山野井這麼說，似乎是要說給自己聽一樣。

「這樣，格仲康峰北壁就結束了。」

老先生抬起迷迷糊糊的腦袋，看著雪白閃耀的格仲康峰北壁，發現山頂附近有著小小的雲層。那是山野井夫妻在攻頂之前，也曾經看見的水母形狀的雲層。

後記

毫無疑問地，山野井夫妻在「凍」的世界中，全力展現了「鬥」的姿態。

成。

這部作品，是由二〇〇五年八月號《新潮》月刊上完整刊載的〈百谷雪嶺〉改名而成。

在將這部作品刊登於月刊之前，我很難得地為了標題而煩惱。到底要用「百谷雪嶺」，還是要用「凍」？左右為難的結果，就選擇了格仲康峰的原意「百谷雪嶺」。但在寫完文章之後，我為了與再次挑戰布達拉峰的山野井泰史見面，搭乘巴士在炎熱的中國境內移動時，當下覺得應該用「凍」會比較切題。書中世界的元素，是格仲康峰，以及挑戰其北壁的山野井泰史和妙子，如果要選擇一個能夠包含所有元素的標題，沒有比「凍」更適合的了。我希望將「凍」的標題唸成「Tou」，應該也是無可厚非的。

當我決定採用「凍」為書名之後，便沒有人再能動搖我了。

我用「凍」這個字，不僅僅是想表現冰凍、結凍，或許也是因為日文發音的「Tou」有「鬥」的意思吧。毫無疑問地，山野井夫妻在「凍」的世界裡，全力展現了「鬥」的姿態。

附帶一提，山野井泰史經過不屈不撓的挑戰，已經於二〇〇五年七月十九日，成功完成布達拉峰北壁初次登頂了。

【當代名家旅遊文學】MM1110X

凍

一段歷經登山巔峰考驗、超乎人類極限的冒險

【登山文學經典回歸】

國家圖書館出版品預行編目資料

凍：一段歷經登山巔峰考驗、超乎人類極限的冒險 / 澤木耕太郎作；KO譯工房譯. -- 初版. -- 臺北市：馬可孛羅文化出版：英屬蓋曼群島商家庭傳媒股份有限公司城邦分公司發行, 2024.03
面；　公分. -- (當代名家旅遊文學；MM1110X)
譯自：
ISBN 978-626-7356-48-7(平裝)
861.57　　112022803

作　　者❖澤木耕太郎
譯　　者❖KO譯工房
封面設計❖Bianco Tsai
選　　書❖郭寶秀、巫維珍
總 策 劃❖詹宏志
總 編 輯❖郭寶秀
特約編輯❖鄭麗卿
責任編輯❖洪郁萱（新版）

發 行 人❖凃玉雲
出　　版❖馬可孛羅文化
104台北市中山區民生東路二段141號5樓
電話：（886）2-25007696
發　　行❖英屬蓋曼群島商家庭傳媒股份有限公司城邦分公司
104台北市中山區民生東路二段141號2樓
客服服務專線：（886）2-25007718；25007719
24小時傳真專線：（886）2-25001990；25001991
服務時間：週一至週五9:00～12:00；13:00～17:00
讀者服務信箱：service@readingclub.com.tw
劃撥帳號：19863813　戶名：書虫股份有限公司
香港發行所❖城邦（香港）出版集團有限公司
香港九龍土瓜灣道86號順聯工業大廈6樓A室
電話：（852）25086231 傳真：（852）25789337
E-mail：hkcite@biznetvigator.com
馬新發行所❖城邦（馬新）出版集團 Cite (M) Sdn Bhd
41, Jalan Radin Anum, Bandar Baru Sri Petaling,
57000 Kuala Lumpur, Malaysia.
電話：（603）90563833　傳真：（603）90576622
E-mail：services@cite.my
輸出印刷❖中原造像股份有限公司
二版一刷❖2024年3月
紙書定價❖420元
電書定價❖294元

ISBN：978-626-7356-48-7（平裝）
EISBN：9786267356524

城邦讀書花園
www.cite.com.tw